文春文庫

十津川警部の決断

西村京太郎

文藝春秋

十津川警部の決断／目次

第一章　ある男　7
第二章　挑戦　40
第三章　賭《か》ける　108
第四章　容疑者　144
第五章　再検討　205
第六章　対決　252

十津川警部の決断

第一章　ある男

1

捜査本部の置かれた巣鴨《すがも》警察署に、四月五日の夜、一人の男が訪れて来た。

年齢は五十歳前後で、高価に見える三つ揃いの背広を着ているのだが、白いワイシャツの襟首のあたりが汚れ、靴も埃《ほこり》だらけだった。

剃刀《かみそり》を何日か当ててないと見えて、不精ひげが濃い。

その男が二階にあがって行こうとするので、受付の警官が、

「おい、君。どこへ行くんだ？」

と、声をかけた。

男は手すりにつかまった恰好《かっこう》で、振り向いた。

「ここに、殺人事件の捜査本部が置かれているんだろう？」

その声は、かすれて疲れ切っているように聞こえた。

若い警官は近寄って、男を階段から引っ張って、床におろした。

「捜査本部に、何か用なのかね？」

「私が、犯人だ。私が殺したんだよ」

と、男がいった。

二十四歳の若い警官は、その一言で飛びあがった。

今度の事件では、容疑者が浮かばず、捜査が難航していることを知っていたからである。

中田《なかた》というその警官は、興奮を精いっぱいおさえて、

「自首して来たのかね？」

「そうだ。責任者のところへ、連れて行ってくれ」

と、男はいい、急に、その場にくずおれそうになった。

中田は、あわてて男を抱きかかえた。

「大丈夫か？」

「ああ、大丈夫だ。だから、責任者に」

「わかった」

と、中田は肯《うなず》いて、自分のほうを見ている年配の警官に、

「十津川《とつがわ》警部を呼んで来てください。殺人事件の犯人が自首して来たんです」

と、大声でいった。

聞いた警官が、あわてて二階へ駆け上がって行った。

すぐ、十津川と部下の亀井《かめい》刑事がおりて来た。

「その男が自首して来たのかね？」

と、亀井が中田にきいた。

「そうです。自分が犯人だといっています」

「だいぶ、疲れているようだね」

十津川が、男の顔をのぞき込むように見てから、

「とにかく二階へ連れて行こう」

と、いった。

中田と亀井が、両側から支えるようにして、男を二階の調べ室に運んだ。

椅子に座らせ、お茶を出してやると、美味《うま》そうに飲んだ。

十津川は、彼が腹をすかしているように見えたので、中田に、丼物《どんぶりもの》を注文しておくように指示してから、

「あなたの名前は？」

と、男にきいた。

男は、黙って胸ポケットから何枚かの名刺を取り出して、それを十津川の前に押しやった。

同じ名刺が五枚である。

〈株式会社「サン」取締役

長谷川《はせがわ》 健《たけし》〉

と印刷されていた。会社の住所は東京の大手町になっている。

十津川は、「サン」という会社の名前を聞いたことがあった。最近の流行で、確か一年前に「サン」に変えたのである。前の名前は「太陽不動産」だったと、十津川は覚えていた。

十津川は、名刺の一枚を亀井にも見せた。

「ほう。重役さんですか」

と、亀井がいった。

男は顔をあげ、小さく肯いた。

「本当にあなたは、地下鉄の中で被害者を刺したんですか？」

と、十津川がきいた。

2

事件そのものは簡単だった。

ラッシュアワーの地下鉄の中で、二十六歳のＯＬが、背後から錐《きり》のように鋭い千枚通しで刺されたのである。

都営三田《みた》線、西高島平《にしたかしまだいら》発で、三田行きの電車内だった。

満員の車内だから、目撃者はたくさんいるはずなのだが、実際には、彼女が死んだのに気付かない人たちが大半だった。

血がほとんど出なかったことも、その原因の一つだったが、他にも理由はいくつかあった。

被害者西尾《にしお》ゆう子《こ》が刺された瞬間、悲鳴をあげても、それは満員の車内で押されたためだと、周囲の乗客は思ったに違いないし、そんな車内で殺人が行なわれるとは誰も思っていなかったろうということもある。

西尾ゆう子の自宅は板橋のマンションで、新板橋から芝公園にある外資系の会社に通っていた。

巣鴨で、どっとサラリーマンやＯＬが降りたとき、その渦から取り残された恰好で、彼女が車内の床に倒れ、初めて他の乗客が騒ぎ始めたのである。

それでも、まだ刺されたとは思わず、気分が悪くなったのだろうと思い、彼女を担いでホームに降ろした駅員も、救急車を呼んだが警察には連絡しなかった。

駆けつけた救急隊員も、彼女がホームに仰向けに寝かされていたので傷口が見えず、貧血でも起こしたのだろうぐらいに考えて病院に運んだと、あとになっていっている。

病院に着いてから死亡していることがわかり、さらに背中の小さな突き傷もわかって、大騒ぎになった。

傷は背中から心臓に達していた。

殺人事件となって巣鴨署に捜査本部が設けられたのだが、いちばんの問題は、動機の解明と容疑者の範囲だった。

被害者西尾ゆう子の経歴や、友人、知人関係が、まず調べられた。

ゆう子は東京の生まれで、大学を卒業したあと二年間アメリカで生活し、帰国してから現在の会社に就職している。

彼女の仕事は、堪能な語学を生かして、主に日本の会社との交渉だった。上司はアメリカ人だが、彼は「ユウコは、有能なセクレタリだった」と、いっている。

ボーイフレンドは四、五人いたが、特定の恋人はいなかった。

両親は彼女の兄と一緒に調布市内に住んでいたが、両親も兄も異口同音に、次のように証言した。

「ゆう子は、まだ結婚は考えていないといっていた。むしろ、お金を貯めて世界を見て歩きたい。それが夢だったみたいです」

現在の会社にも長く勤める気はなく、レポーターのような仕事で、世界じゅうを飛び廻るのが希望だったらしい。そのために、フランス語や中国語もひそかに勉強していた。貯金もしていた。

借金はなかったから、金のもつれで殺されたということも考えられなかったし、特定の恋人もいなかったから、痴情関係での殺しの線も消えた。

とすると、これは行きずりの犯行だろうか？

最近、ラッシュの地下鉄の車内で、若い女性が剃刀でスカートを切られるという事件が起きていた。

こういう事件は、時間を置いて繰り返されるものらしい。十津川の記憶では、前にも何回か起きている。

スカート切りの犯人が、ある日エスカレートして、剃刀を千枚通しに持ち替えてラッシュの地下鉄に乗ったのではないか。

この意見は捜査本部にも生まれてきた。もし、この考えが正しければ、犯人は、西尾ゆう子とは無関係な人間の中にいることになる。

十津川としては、簡単にこの考えを取るわけにはいかず、彼女の友人、知人関係も、引き続き調べて行くことにした。

西尾ゆう子は、毎日、午前八時四十五分ごろ出社していた。時間には几帳面《きちょうめん》だったのだ。

とすると彼女は、毎朝、同じ電車か、その一電車前か後の電車に乗って、出社していたとみていいだろう。

刑事たちは、その電車に乗り込み、西尾ゆう子の写真を通勤のサラリーマンやＯＬに見せて歩いた。

彼女は背が高く、目立つ顔立ちだったから、同じ時間帯に地下鉄の三田線に乗る人たち、特に男の通勤客は、彼女を覚えているのではないかと期待したのである。

三日間、刑事たちが乗り込んで聞き込みをやった末、やっと二人の青年が見つかった。

二人とも彼女と同じ板橋に住む独身の男で、一人は大学生、もう一人はサラリーマンである。

彼らは、よく朝の新板橋駅で、彼女と一緒になった。大学生のほうは、そのうちに声をかけようと思っていたといい、二十五歳のサラリーマンのほうは、同じ車両に乗ったとき言葉を交わしたといった。

「ただ、よく会いますねといっただけですよ」

と、そのサラリーマンは刑事にいった。

「それで、彼女は何といいました？」

「えっ？って聞き返されて、何だか自分が一人相撲をとっていたみたいで、がっくりしたのを覚えていますよ。こっちは、きれいな人だなと思っていたのに、向こうは全く意識してくれていなかったわけですからね」

といって、彼は苦笑した。

この二人とも、西尾ゆう子が刺された瞬間を見ていなかったし、新聞で知ってびっくりしたと、刑事にいった。

犯人について手掛かりのないままに、時間が過ぎていったのである。

3

「どう思われますか？　あの男を」

と、亀井が十津川にきいた。

「取締役、長谷川健か。重役が、千枚通しで若いＯＬを刺したのかね？」

十津川は、半信半疑だった。

「とにかく自分が刺したと自供しています」

「しかし、詳しいことは喋《しゃべ》らないんだろう？」

「そうなんです。刺したことは認めていますが、凶器をどこで買ったか、刺したあと、どこへ捨てたかということについては、覚えていないの一点張りでしてね」

「動機については、何といっているんだ？」

「むしゃくしゃしたから、誰でもいいから刺したといっています」

「むしゃくしゃしたからか」

「ああいう動機を聞かされると、嫌になります」

と、亀井はいった。

「株式会社『サン』へ行ってみよう」

と、十津川はいった。

巣鴨から都営地下鉄三田線に乗った。

「会社は驚くでしょうね。重役が殺人、それも、若い女を刺し殺したとなれば、会社の威信が傷つきますからね。マスコミだって殺到します」

と、車内で、亀井が十津川にいった。

「だろうね」

と、十津川も肯いた。

大手銀行の支店長が、痴漢行為をして逮捕されたことがある。警察は仮名にしたのに、嗅《か》ぎつけた週刊誌が、その支店長の写真をのせてしまい、銀行が大さわぎになった。それと同じことが起きるだろう。今度は殺人容疑だから、もっと大変なことになりそうである。

大手町に林立するビルの一つに、「株式会社サン本社」の看板が掛かっていた。

受付で警察手帳を見せ、できれば社長に会いたい旨を告げた。

受付は電話をかけたが、十二、三分も待たされてから、五階にある社長室に案内された。

皇居のお濠《ほり》に面した部屋である。

美人の秘書が「お待ちください」といってから、また何分間か時間があって、やっと社長の島崎《しまざき》が姿を見せた。

四十五、六歳の若い社長だった。背が高く、身体つきも締まっていて、バネのある感じだった。

「お待たせして、申しわけありません」

と、島崎は、よく通る声で十津川たちにいった。

彼の背後には、「目ざせ、不動産業からの脱皮」と書かれた額が見えた。単なる不動産会社と見られるのが嫌なのだろう。

「今日は、こちらの長谷川取締役のことで、伺ったんです」

と、十津川はいった。

「長谷川君が何かしましたか？」

島崎は、微笑を浮かべて十津川を見た。

（この笑顔が、どう変わるかな？）

と思いながら、十津川は、

「あまり、いい話ではありません」

「そりゃあ、警察の方が、わざわざ来られたんだから、いい話とは思いませんよ。車の事故でも起こしましたか？　もう、自分で運転するのは、やめておけといったんですがねえ」

「もっと悪いんですよ。殺人容疑が掛かっています」

と、十津川はいった。

「殺人？」

島崎は、聞き返してから首をかしげて、

「それなら、なぜ逮捕しないんですか？」

「していますよ。今、巣鴨署に留置しています」

「おかしいな」

「何がですか？」

「さっき、長谷川君に会いましたよ」

と、島崎はいった。

「長谷川という重役は、二人おられるんですか？」

「いや、一人だけです」

「本当に、長谷川さんは、ここにおられるんですか？」

十津川は、戸惑《とまど》いながらきいてみた。

「もちろん、いますよ。小宮《こみや》君」

と、島崎は秘書を呼んで、

「長谷川君に、すぐ来るようにいってくれないか」

と、いいつけた。

十津川と亀井は、顔を見合わせた。

すぐ、五十歳ぐらいの男が社長室に入って来た。どことなく巣鴨署に自首して来た男に似ていると思いながら、十津川は相手を見つめた。

「長谷川君です」

と、島崎が十津川たちに紹介した。

彼もニッコリして、「長谷川です」という。

「名刺を頂けませんか」

と、亀井がいった。

「名刺ですか？」

相手は戸惑いを見せて、社長の島崎に、ちらりと眼をやってから名刺入れを取り出し、中から二枚抜き出して、十津川と亀井に渡した。間違いなく、「長谷川健」と刷られている。巣鴨署で見た名刺と全く同じものだった。

「君のニセモノが、警察に捕まっているそうだよ」

と、島崎がいった。

「私のニセモノですか？」

長谷川は、びっくりしたように大きな眼で十津川を見た。

「今日、巣鴨署にやって来て、名刺を差し出しました。それには、株式会社『サン』の長谷川健とあったんですよ。しかも、地下鉄の車内で、人を千枚通しで刺して殺したというんです」

と、十津川はいった。

「地下鉄というと、ＯＬが殺されたあの事件ですか？」

島崎社長が、きいた。

「そうです」

「困りましたね。私の名前を騙《かた》ったうえ、殺人までやったんじゃあ」

と、長谷川が眉をひそめていった。

「この男なんですがね」

と、亀井がポラロイドで撮った男の写真を長谷川に見せた。島崎もそれをのぞき込んでいる。

「見覚えがありますか？」

と、十津川が二人にきいた。

「いや、初めて見る顔です」

と、長谷川がいい、島崎は、

「どういう男なんですか？」

と、逆に十津川にきいた。

「それがわからなくて困っているのですよ」

「失礼ですが、あなたは地下鉄の事件に関係ないでしょうね？」

と、亀井がきくと、長谷川は眼をむいて、

「とんでもない。第一、私は出勤に地下鉄は使っていませんよ」

「重役は、会社の車を使っています」

と、島崎がつけ加えた。

「ご自分で運転されているんですか？」

これは、十津川がきいた。

「いや、社長にいわれたので、今は運転手がやってくれています」

「ご自宅は、どこですか？」

「世田谷の駒沢《こまざわ》です。駒沢公園の近くです」

「あなたのニセモノが出たということについて、どう思われますか？」

と、亀井がきいた。

長谷川本人は当惑した顔で、

「とにかく初めての経験なので、どういっていいかわかりませんね。とにかく困りますね」

といい、社長の島崎は、

「これは、陰謀だと思いますよ」

「と、いいますと？」

「うちの会社は急成長して、今度、不動産業だけでなく、建設、設計などの分野にも進出を図っています。出る杭《くい》は打たれるで、いろいろと仕事の面で妨害を受けています。今度のニセモノも、その一つじゃありませんかね。うちの重役が殺人容疑という噂が流れれば、会社にとって大きなマイナスですからね。間違いなく信用が低下します」

「なるほど」

「あとでニセモノとわかっても、一度傷ついた信用は、なかなか元に戻りませんのでねえ。とにかく困ったものです」

島崎は、大きく溜息《ためいき》をついて見せた。

4

十津川は慎重だった。すぐには、留置中の男をニセモノと断定せず、若い西本《にしもと》刑事と清水《しみず》刑事の二人を駒沢にやった。

戻って来た二人は、十津川に、

「間違いなく、長谷川は、駒沢に住んでいます。大きな邸《やしき》ですよ」

と、報告した。

「家族は一緒に住んでいるのかね？」

と、亀井がきいた。

「十八歳年下の奥さんと一緒に住んでいます」

「十八歳もか？」

「去年の暮れに、前の奥さんが交通事故で亡くなっています」

「まだ籍は入っていないようですが、一緒に生活しています。名前は美津子《みつこ》です」

「後妻か？」

「近所の評判はどうなんだ？」

と、十津川はきいた。

「あまり、よくありませんね」

と、西本がいう。

「どんなふうによくないんだ？」

「もともと、あの辺りでは、新参だということですし、近所づき合いが悪いというわけです。株式会社『サン』自体も、もともと、地あげで大儲《おおもう》けをした会社ですからね」

「その悪いイメージを払拭《ふっしょく》しようとして、名前を変え、いろいろな分野に進出を図っているわけか」

「そんなときですから、やたらに神経質になっているんだと思います」

「長谷川に子供はいないのかね？」

と、十津川がきいた。

「一人いました。男の子で二十九歳になっていたんですが、二年前に病死しています」

「家庭的には恵まれない男か」

「しかし、金は持っていますよ。地あげのとき、長谷川は、社長の片腕として辣腕《らつわん》を振るったそうですから、あの駒沢の邸だけでも何十億だろうといわれています」

と、清水がいった。

十津川は、亀井を見て、

「さて、ニセモノのほうは、どうするかね？」

「もう一度、訊問《じんもん》してみましょう」

と、亀井はいった。

調べ室に連れて来させてから、十津川と亀井が、会った。

「この名刺は、本当にあなたのものですか？」

と、まず、十津川が、名刺を相手に見せた。

「私が持っていたんだから、私が、その本人でしょうに、違いますか？」

と、男は逆にきき返した。

「しかしねえ。この『サン』という会社に行って調べたら、長谷川健という取締役は、ちゃんといるんだ。となると君はニセモノということになってくる」

亀井が、じっと相手を見すえていった。

「私は長谷川だ」

「それを、証明するものは？」

「その名刺ですよ」

「名刺なんか、いくらでも印刷できますよ」

と、十津川がいうと、相手は困惑した表情になって、しばらく考えていたが、急に、上衣を脱いでその裏側を見せた。

「ほら。ここに、私のネームが入っている。長谷川というネームだ」

「長谷川という姓は、そんなに珍しくはありませんからねえ」

「信じてくれんのですか？」

「では、こちらの質問に答えてください」

と、十津川はいってから、

「この『サン』という会社は、何をやっている会社ですか？」

ときくと、相手は急に黙ってしまった。

「自分の働いている会社なのに、わからないんですか？」

「――――」

「これは、あなたの財布ですがねえ」

と、十津川は相手の所持品を机の上に並べ、その中から、赤い革の財布を取り上げた。

「中には、二十万以上の金が入っていますが、カードが一枚も入っていないんですよ。あなたの名前の入ったカードが、一枚でもあればいいんですがねえ」

「――――」

「また、だんまりですか」

十津川は肩をすくめた。自分の旗色が悪くなると、口を閉ざしてしまうのか？

十津川は訊問をやめて、また、男を留置場に戻した。

「カメさんの感想を聞きたいね」

と、十津川は亀井にいった。

亀井は、自分で十津川のコーヒーもいれてくれてから、

「ニセモノだと思いますが、それにしては、どうも腑《ふ》に落ちない点の多い男です」

「カメさんもそう思うかね」

「いくつかありますが、一つは、なぜ自首して来たかです。それと彼の所持品です。腕時計は、パテックの本物で三百万はするものです。背広も高級品です。カルティエの財布には二十一万円も入っていました」

「同感だね。所持品は、すべて本物なんだ」

「それと、長谷川に化けて、何のトクがあるのかという疑問もありますね」

と、亀井は続けた。

「指紋も照合してみたが、前科者カードにはのっていないという返事でね」

「あの男は、本当にＯＬを殺したんでしょうか？」

と、亀井はコーヒーをかきまぜながら、十津川にきいた。

「可能性はあるね。管理職の年代だから、ストレスが溜まり、その捌《は》け口を、若いＯＬにぶつけたのかもしれない。殺す気はなくて、傷つけて、それが快感だったということもあり得るからね」

「しかし、警部。あの男が犯人だとしても、捜査は行き詰まっていて容疑者さえ浮かんで来ていなかったんです。そのことは、新聞、テレビでわかっているはずなのに、この段階で、なぜ自首して来たんですかねえ。追いつめられてもいないのに」

と、亀井は首をひねっている。

「うまいよ」

「は？」

「カメさんのいれてくれたコーヒーさ」

と、十津川は微笑してから、

「どうもわからん男だねえ」

「身元がわかれば、ＯＬ殺しの犯人かどうかの判断がつくかもしれないと思うんですが」

と、亀井はいった。

そのとき、急に階下が騒がしくなった。

5

日下《くさか》刑事が駆け上がって来た。

「どうしたんだ？」

と、十津川がきいた。

「新聞記者が押しかけて来ています。ＯＬ殺しの犯人が自首して来ているはずだといって」

と、日下がいった。

「参ったな」

十津川は、眉をひそめた。あの男のことは内緒にしてあったのである。

捜査本部長の三上《みかみ》刑事部長が十津川を呼んだ。

十津川が顔を出すと、案の定、三上は、

「記者たちが押しかけている。犯人が捕まったことを発表したほうがいいと思うがね」

と、いった。

「もう少し待っていただけませんか」

「なぜだ？　自供しているんだろう？」

「そうなんですが、裏がとれていません。第一、あの男の身元さえ、はっきりしないんですよ」

と、十津川がいうと、三上は、えッという顔で、

「名刺で、身元は、わかっていたんじゃないのかね？」

「それが、実際に調べてみたらニセモノだったんです」

十津川は、今日の聞き込みの結果を報告した。

三上は、がっかりした顔で、

「何ということだ」

と、呟《つぶや》いてから、

「しかし、やってもいない人間が、人を殺したとはいわんだろう？」

「私もそう思いますが、何とかして裏をとりたいんです。今の状態では、危なくて送検できません」

と、十津川はいった。

「いつになったら大丈夫なのかね？」

「正直にいってわかりません」

「いいかね、十津川君。今度の事件は、普通の殺人じゃないんだ。ラッシュアワーの車内で若いＯＬが殺されたというので、ＯＬの間で恐怖が広がっているんだよ。いつ背後

から刺されるかもしれないというんじゃ、安心して電車に乗れんからね。一刻も早く安心させたいんだ」

「その点は、私も同感ですが」

「私が恐れているのは、早く解決しないと、真似をするバカな人間が出てくるんじゃないかということなんだよ。もし、そんなことにでもなったらパニックだよ」

「わかります」

「本当に、新聞記者には、まだ発表できんかね？」

と、三上がきいた。

「してもかまいませんが、身元もわからずでは信用されないと思います」

「いつまで待たせたらいいんだ？」

「何とか、あの男の身元を割り出します。そうすれば、自供が本物かどうか、自然にわかってくると思っていますが」

と、十津川はいった。

「なるべく早く結論を出してくれ。頼むよ」

と、三上はいった。

十津川は、部屋に戻ると亀井を呼んだ。

「何とか、あの男の身元を割り出してくれないか」

「本部長の話は、やはり、そのことですか？」

と、亀井は笑った。

「ああ。部長は、やたらに心配している。真似をする人間が出るんじゃないかといってね」

「あの男の所持品は高価なものばかりですから、その線を追っていけば、意外と早く身元がわかるかもしれません」

と、亀井は楽観的にいった。

「それにしても、あの男は、なぜ長谷川健だと主張するんだろう？　そのくせ、自宅が何処にあるかも知らないんだからね」

「私にもわかりませんね」

「春になると、妙な人間が現われるということなのかな」

と、十津川はいった。

彼は笑ってはいなかった。他人事《ひとごと》ではない気もするからである。

十津川は、今、四十歳。友人のほとんどは課長クラスになっているのだが、管理職の重みに押し潰されノイローゼ気味になっている者もいる。重症だと会社に行くのが怖くなり、といって、それを家族に知られるのも辛くて、病院に入ってしまう者もいるほどだったからである。

あの男も、それかもしれないと思ったりしていた。

刑事たちは、男の背広と腕時計から、彼の身元の割り出しに当たった。

男の三つ揃いの背広はオーダーメイドで、仕立てた店のマークが入っていた。

腕時計のほうは、どこで買ったかわからないので、背広のほうに捜査の重点を置いた。

それでも、背広を仕立てた店を突き止めるまでに、二日間かかった。

銀座三丁目の「ヤマモト」とわかって、亀井と西本の二人が出かけて行った。

男の背広、ワイシャツだけを専門に仕立てている店である。初老の、気難しげな主人は、彼の父親の代から銀座で同じ仕事をやっているのだという。

亀井が持参した背広を見せると、主人は、

「間違いありませんね。私のところで、お作りした服です」

「作った人は長谷川健という名前の男ですか？」

と、亀井がきいた。

主人は顧客名簿を持ち出して見ていたが、

「そうです。長谷川様です」

「その人とは、顔なじみですか？　つまり、お得意ですか？」

「いいえ。どなたかの紹介で来られた方で、まだ一着しかお作りしておりません。そのとき、ワイシャツも五枚、ご注文になられました」

「住所は、どうなっています？」

「世田谷区駒沢でございますが」

「作ったのは、いつごろですか？」

「ごく最近で今年の二月十六日となっておりますね。春先に着る背広をというご注文でした」

「その客は、この人ですか？」

と、亀井は、留置している男のポラロイド写真二枚を見せた。

主人は、丁寧に見ていたが、

「違いますね。この方ではございません」

「しかし、この背広は、ここで作ったものでしょう？」

「はい。確か、そのときに長谷川さまにお作りしたものでございます」

「だが、この写真の男ではないんですね？」

「はい。お年恰好は似ていますが、違うお方でした」

と、主人は、はっきりした口調でいった。

亀井は、西本に小声で、

「大手町の『サン』へ行って、長谷川健の写真を借りて来てくれ」

と、いった。

西本が飛び出して行ったあと、亀井は店の電話を借りて十津川に報告した。

「すると、大手町の本社で会った長谷川ということなのかね？」

と、十津川がきく。

「それを確かめてから帰ります」

と、亀井はいった。

四十分ほどして、西本が息を切らしながら戻って来た。

「これを借りて来ました」

と、西本が見せたのは、部厚い株式会社「サン」の社史である。不動産業で儲けたと見えて、グラビアページの多いぜいたくな造りだった。

その中に、「我が社の幹部」というページがあって、社長の島崎と三人の重役が写っていた。

三人の一人は、亀井が十津川と一緒に会った取締役の長谷川である。彼らの経歴は同じページに印刷されていた。

亀井が、その写真を、「ヤマモト」の主人に見せると、相手は、眼鏡をかけ直して見ていたが、

「この方に間違いありません」

と、確認した。

6

「そのあと、大手町の『サン』本社へ行って来ました」

と、亀井は、捜査本部に戻って、十津川に報告した。

「取締役の長谷川に会って確かめたのか？」

「そうです。この背広を見せましてね」

「それで、長谷川は、何といっているんだ？」

「今年の二月二十五日に空巣が入って、背広や腕時計、それに現金などが盗まれたというのです」

「空巣？」

「そうです。現金は、銀行から下ろしたばかりの百万円だそうです」

「盗難届けは出ているのかね？」

「駒沢の派出所に確かめたところ、間違いなく出ています。腕時計はパテックです。それから、自分の名刺も何枚か背広のポケットに入っていたかもしれないと、長谷川取締役はいっていました」

と、亀井はいった。

「すると、留置している男は、長谷川取締役の家に、空巣に入って、背広や腕時計を盗み出し、それを、身につけているということになるのかね？」

十津川は半信半疑の顔だった。

「そうなりますね。背広は、ちょうど寸法が合っていたので、ちゃっかり着ていたんでしょう。カルティエの財布も、盗難届けに入っていますから、あれも、盗んだものかもしれません」

「一応、辻褄《つじつま》は合うんだね」

と、十津川はいった。

「そうです」

「しかし、あの男に前科はなかったね」

「素人だから、平気で盗んだ背広を着て、腕時計をはめていたんじゃありませんかねえ」

と、亀井がいう。

「そして、捕まると名刺を見せて、株式会社の取締役だと主張する――か？」

「挫折した男の見栄かもしれません」

と、亀井がいった。

「挫折した男のねえ」

「誰だって若いときは野心を持っています。サラリーマンなら、大会社の社長になりたい。社長が無理でも、重役の椅子《いす》ぐらいはと思います。だが、たいていは、せいぜい課長止まりでしょう。ただ、いい家庭を持てたり、子供がいたりして、なぐさめられるわけです。そのどちらも得られずに、年齢《とし》をとってしまった人間は悲惨です。完全に、自分の人生は失敗だったと深い挫折感にとらわれてしまう。そんな男が、金に困って大きな邸に空巣に入り、高級な背広や高価な腕時計などを手に入れます。たまたま、その背広が自分にぴったりなので、売り飛ばさずに着て過ごす。パテックの腕時計もです。飲みに行ったりして、たまたまポケットにあった名刺を見せて、会社の重役だというと、みんなが感心します。今までもてなかったのがもてるようになる。そんなことを繰り返しているうちに――」

「株式会社『サン』の取締役になり切ってしまうか？」

「そうです。この男にとって、それこそ若いときに、なりたかったものに違いないのです。嘘をついているうちに、いつの間にか現実と空想の世界が一緒になってしまったんじゃないでしょうか？」

と、亀井はいった。

「その気持ちは、わからないじゃないがね。それと、ＯＬ刺殺事件の犯人だと自首して来たことは、どうつながるのかね？」

と、十津川は首をひねった。

「私にも、そこが、わかりませんが——」

と、亀井も首をすくめた。

その日の夕刻のラッシュアワーで、第二の事件が起きた。

第二章　挑戦

1

　地下鉄丸ノ内線の荻窪《おぎくぼ》行きの車内である。

　時刻は、午後五時四十分。車内は、帰宅を急ぐサラリーマンやＯＬですし詰めの状態だった。

　通産省の会計課に勤める二十五歳の寺内《てらうち》きよみは、阿佐谷南の自宅マンションに帰る途中だった。

　電車が新宿駅へ着く直前、きよみは背中の腰の近くに鋭い痛みを受けて悲鳴をあげた。

　それでも満員の車内だし、間もなく新宿へ着くのでドアの方向へ押されていたから、まわりの人間は、そのために悲鳴をあげたと思って、誰も彼女に声をかけようとしなかった。

きよみは、蒼白な顔で、「助けて！」と叫んだ。

ちょうど、そのとき、電車が新宿駅に着き、ドアが開いて乗客がどっと吐き出された。きよみの悲鳴はかき消され、彼女自身もホームに押し出されてしまった。

そして乗り込んでくる乗客。

彼女は、突き飛ばされ、蹴られて、ホームに転倒した。

誰かが、彼女の背中に突き刺さっている千枚通しを見て大声をあげたのは、そのときだった。

きよみは、気を失ったまま新宿西口の救急病院に運ばれた。

千枚通しは、八センチ近くも突き刺さっていたが、幸い急所を外れていた。そのため、殺人未遂に終わったが、第二の地下鉄内ＯＬ刺殺事件ではないかということで、警察とマスコミが病院に殺到した。

その中に、もちろん十津川たちも入っていた。

（これで、三上本部長は、ますます不機嫌になるだろうな）

と、十津川は思いながら、亀井と病院に入って行った。

三階の病室で、被害者の寺内きよみに会った。顔色は青ざめているが、意外に元気なのに、ほっとした。

「警視庁捜査一課の十津川です」

と、自己紹介してから、

「刺された瞬間を覚えていますか？」

「ええ。新宿に近づいて、みんながドアのほうに動きかけたときですわ。突然、背中が痛くなって」

と、きよみはいい、ちょっと身体を動かしかけて顔をしかめた。

「まわりにいた人のことを覚えていますか？」

同行した亀井が横からきいた。

「それを考えていたんですけど、前に女の人がいたことは覚えています。でも、肝心の後ろの人のことはわかりませんわ」

「いつも、今ごろ、帰宅されるんですか？」

「どこにも寄らないときは、いつも、同じ時間の電車に乗りますけど」

「だいたい同じ時刻に、霞ヶ関を出る電車ですか？」

「はい」

「お友だちは一緒じゃなかったんですか？」

「いつもは、同じ課の平本《ひらもと》さんと一緒なんですけど、今日は彼女がお休みでしたから、ひとりで帰ることになりました」

「失礼ですが、個人的に誰かに恨まれているということはありませんか？」

これは、十津川がきいた。

「自分では心当たりがありませんけど」

「恋人はいらっしゃいますか？」

「お友だちは何人かいますけど、特定の人はまだいません」

「今までに脅迫されたことがありましたか？　お前を殺してやるといった手紙とか電話ですが」

と、亀井がきいた。

「いいえ。ありませんわ」

と、きよみはいい、また顔をしかめた。傷口が痛んだのだろう。

「何か思い出したら連絡してください」

と、十津川はいい、亀井と二人、いったん病室を出た。

彼女の背中に突き刺さっていた千枚通しが、医者から十津川たちに渡された。針の部分は、赤黒く血がこびりついている。普通に市販されている千枚通しである。

柄《え》の部分の指紋を検出するために、十津川はそれを鑑識に送ることにした。が、そのあと、十津川は病院に駆けつけた新聞記者たちにつかまってしまった。

「捜査本部に戻って発表しますよ」

と、十津川は、その場を切り抜けて巣鴨署に戻ることができた。本部長の三上と意見の調整をしておかないと何も喋れないと思ったからである。

十津川が考えたとおり、三上本部長は心配して彼を待っていた。

「どうなんだ？　第一の事件と同じ犯人だと思うかね」

と、三上は、十津川の顔を見るなり、きいた。

「まだ、わかりません。第一の事件を真似たのかもしれません」

十津川は正直にいった。

「すると、例の男がシロということではないわけだな？」

「そうです。いぜんとして、あの男は容疑者です」

「今度は、凶器があったわけだし、指紋も、採れそうかね？」

「多分、採れると思います」

と、十津川はいった。

この時期、手袋をはめていれば、他の乗客から怪しまれるだろう。とすれば、鞄にでも凶器を入れておき、車内の混雑にまぎれて取り出して刺したのだろう。

犯人は、また千枚通しを鞄にしまって逃げる気だったに違いないが、刺した瞬間、抜けなくなり、そのまま逃げたと見るべきだろうと、十津川は思った。それなら、犯人の指紋は残っているはずである。

午後九時に、十津川は三上本部長とともに記者会見にのぞんだ。そのときには、鑑識から連絡があり、千枚通しの柄から指紋が検出できたと知らされていた。

まず、三上が、今度の事件について捜査本部としての考え方を説明し、詳しい質問には十津川が答えることになった。

質問は、主として、現在、留置されている男と今度の犯人との関係に集中した。それと、今度の犯人が、単なる真似なのか真犯人かということだった。

「それについては、今のところ何ともいえません」

と、十津川は慎重にいった。

「どちらの可能性もあるということですか？」

記者の一人がいらだたしげにきいた。いつだって、マスコミは、断定的な返事を要求するのだ。そのほうが記事にしやすいのだろう。

「そのとおりです。今度の犯人が本ボシであれ、単なる真似であれ、とにかく逮捕することが先決です。逮捕できれば、現在、留置している男のことも自然にわかってくると思っています」

「その留置されている男ですが、まだ身元がわからないんですか？」

と、他の記者が質問した。

「わかりません。指紋の照合もしましたし、これはと思われる場所にも当たってみましたが、いぜんとして身元不明です」

「これはと思われる場所というのは、どういうことですか？」

と、記者は食いついてくる。

「所持品からの追跡調査ということです。背広を作った店がわかりましたが、結果はうまくいきませんでした。現在、腕時計の線を当たっています」

十津川は少し嘘をついた。株式会社「サン」のほうから、OL殺人事件に関して会社の名前が出るようなことはやめてほしいと頼まれていたからである。今の段階で、「サン」の名前や長谷川取締役の名前が出ると、無用な誤解を招くかもしれないという危惧を、「サン」側が持つことには、十津川も同感だったからである。

「指紋を照合しても身元が割れないということは、前科がないということですね？」

と、三人目の記者がきいた。

「そうです」

「男の年齢は五十歳前後だといいましたね？」

「そうです」

「前科のない五十歳前後の男が、突然、千枚通しでOLを刺すものですかね？」

「わかりません。ストレスのたまる時代ですからね。平凡な人間が、突然、千枚通しを手に持つことも、十分にあり得ると思っています」

「よくわからないんですが、その男は自首して来たんでしょう？　それなのに、なぜ、今になって何も喋《しゃべ》らないんですか？」

「急に気が変わったのかもしれません。最初は、罪の意識から自首して来たが、家族のこととか、その他、周囲のことを考えて、犯人になったら大変だと思い、何も喋らなくなったということもあり得ます」

「すると、今は犯行を否定しているんですか？」

「いや、それはありませんが、何を聞いても、わからないというだけです」

「警察は、それをどう見ているんですか？」

「どう見るというより、容疑者だと見る気持ちに変わりはありません」

「つまり、両方の線とも捨て切れないということですか？」

「そうです。こういう事件では、慎重の上にも慎重にやりたいと思っています」

「しかし、若いＯＬが続けて刺された。それも、地下鉄の混雑した車内です。早く、解決しないと、必ずパニックが起きますよ。ＯＬは、安心してラッシュアワーの地下鉄に乗っていられませんからね」

「その件ですが」

と、三上本部長が身を乗り出して、

「われわれは、絶対に第三の事件は起こさせないという気持ちで捜査に当たっているので、マスコミの皆さんにも、協力していただきたいのですよ」

「何を協力すれば、いいんですか？」

「事件の報道は自由ですが、なるべく刺戟的な表現は避けてほしいのですよ。特に、今度の事件は、殺人未遂ですから」

と、三上は要請した。

「そういわれても、われわれは事実を伝えなければなりませんからねえ」

と、記者の一人が眉をひそめていい、もう一人が、

「警察が、犯人について、ある程度の推測がついているんなら、そのことも書き添えますよ。しかし、これといった確信が持てないというのでは書きようがありません。例えば、現在留置中の男が犯人で、今度の犯人はただ真似をしただけというのなら、パニックは起きませんよ」

と、いった。

三上本部長は、十津川に眼をやった。どうなんだという眼だった。三上にしてみれば、恰好よく断定したいのだろうが、十津川には、とても自信が持てなかった。

留置している男が、果たしてＯＬ刺殺犯人なのかどうかも、まだ不明なのである。分別盛りに見えるあの男が、冗談で自首して来たとは思えないが、だからといって犯人である証拠も皆無なのだ。

十津川が黙っていたので、三上は仕方がないという顔になって、

「こうした事件では、慎重の上にも慎重であることが必要です。マスコミが、あおるような記事を書けば、必ず真似る人間が出てくるのです。ぜひ、皆さんの力で、それを防いでいただきたい。われわれも犯人逮捕に全力をつくしますからね」

と、いった。

「われわれが、どんな記事を書くかというよりも、犯人逮捕が、類似の事件を出さないための何よりの力じゃないんですか？　それを忘れちゃ困りますよ」

と、記者が文句をいった。

三上は、むっとした表情になったが、何もいわなかった。

2

記者会見が終わると、三上本部長は、会見の間の鬱屈《うっくつ》した気分を吐き出すように、十津川たち捜査員にはっぱをかけた。

「とにかく、一刻も早く今度の事件の犯人を逮捕してほしい。それと、現在留置している男が、最初の事件の犯人かどうかということだ。警察の面子《メンツ》をかけて捜査してもらいたい」

警察の面子というのは、三上本部長の好きな言葉だった。特に今度のような事件では、部長は神経質になって、「面子」を頻発するに違いなかった。

十津川は、留置中の男を、もう一度、取調室に連れ出して訊問することにした。

十津川は、彼を長谷川と呼ぶわけにもいかないので、「名刺の男」と呼ぶことにしていた。

「あなたは、今でも、地下鉄三田線の車内で、ＯＬの西尾ゆう子を千枚通しで刺したと認めるんですね？」

と、十津川は名刺の男に確かめた。

相手は肯いて、

「間違いありませんよ。私が千枚通しで刺したんです」

「では、もう一度、確認していただきますが、その千枚通しは、どこで買ったんですか？」

「近くの文具店で買ったといいましたよ」

「しかし、あなたの自宅が、どこにあるのか、それがわからなくては、肝心の文具店を特定できないんですよ」

と、十津川はいった。

相手は、いらだって顔を赤くした。

「そんなことは、どうでもいいじゃありませんか。私は、千枚通しでＯＬを刺したと認めているんですよ。地下鉄の車内でです。それに、あんな千枚通しは、どこにでも売っていますよ」

「今の刑事訴訟法では、自供だけではあなたを起訴はできないのですよ。だから証拠が必要なんです」

「私が、自分で犯人だといってもですか？　強制されて自供しているわけじゃありませんよ。それを認めていても駄目ですか？」

「自供だけでは駄目です。その自供が真実であることが証明されなければなりません。だから千枚通しを買った店を知りたいのですよ」

「文具店で買ったのは間違いないんです。それでいいでしょう？」

「では、他のことを聞きましょう。事件当日、三月二十八日、どこから都営地下鉄三田線に乗ったんですか？」

「高島平からです」

「すると、自宅は高島平ですか？」

「そうです」

「住所を正確に教えてくれませんか？」

「それは、いえません」

「家族に迷惑がかかるからです。私は殺人犯ですよ。しかも卑劣な殺人です。見も知らぬ若い女性を千枚通しで刺したんですからね。家族をかばおうと思うのは、当然でしょう？」

「よくわかりませんね。別に、自宅の所在地がわかっても、われわれは、あなたの家族をどうしようという気はないんです」

「しかし、自宅がわかれば、マスコミが殺到しますよ」

「あなたの名前も、われわれにはわからないんですがね」

と、十津川がいうと、相手は、

「それは、何度もいったでしょう。私は、『サン』の長谷川健です。名刺を見せたはずですよ。背広にだって、ちゃんとネームが入っています」

「しかし、前にも話したとおり、『サン』には、ちゃんと長谷川健という取締役がいるんです。社史の写真も見せたはずです。あそこに写っている重役の中に、あなたはいないんですよ」

と、十津川はいった。もう何回、同じことをいっただろうか？

「だが、私は長谷川健ですよ。調べてみればわかります」

相手は頑固に繰り返した。

十津川は、小さく肩をすくめてから、

「先へ進みましょう。あなたは、三月二十八日の朝、高島平から都営地下鉄三田線に乗った。朝の何時ごろですか？」

「ラッシュの時間ですよ。八時少し前だったと思いますね」

「あなたは、名刺によると『サン』の取締役で？」

「はい」

「会社の話では、重役には一人ずつ車と運転手をつけているというんですが、なぜ、三月二十八日は、車でなく地下鉄に乗ったんですか？」

「車ばかり乗っていると、運動不足になるので、ときどき地下鉄を利用していたんです。それにあの日は、むしゃくしゃしていて、女の子でも傷つけたらすっきりするんじゃないか。そう考え、前に買っておいた千枚通しを持って地下鉄に乗ったんです」

「なぜ、むしゃくしゃしていたんですか？」

「人間関係でです——多分ね」

「多分というのは、どういうことですか？」

「いろいろなことが重なっていたからです」

「なるほど。それでいつ刺したんですか？」

「電車が巣鴨に近づいたときです」

「相手を、西尾ゆう子と知って刺したんですか？」

「名前は知りません。とにかく、女であれば誰でもよかったんです」

「刺したあと、どうしたんですか？」

「巣鴨で降りて、逃げました」

「千枚通しを持ってですか？」

「ええ。凶器が見つかったら困ると思ったからです」

「巣鴨で降りてから、千枚通しはどうしました？」

「捨てました」

「どこへ捨てたんですか？」

「晴海《はるみ》の海へ行って捨てましたよ。見つかったら困ると思って」

「それから、自宅へ帰ったんですか？」

「いや、帰れないから、そのあと、ここへ出頭するまで都内を転々としましたよ」

「どんなところに泊まったんですか？」

「ホテルとか旅館とかです」

「ホテルと旅館の名前を教えてくれませんか？」

「一つだけ覚えているのは新宿のホテルです。西口のホテル『K』です」

と、相手はいった。

これは、初めて相手がいった具体的な名前だった。

十津川は、すぐ、若い西本刑事と日下刑事を、そのホテルに走らせた。

二人は、問題の宿泊者カードのコピーを持って戻って来た。

三月三十日の日付の入ったカードで、そこには長谷川健の署名がしてあった。ただ、住所は、高島平ではなく、世田谷区成城《せいじょう》×丁目になっていた。

「フロントで彼の顔写真を見せたところ、間違いなく、この男だといっています。それから、この住所はでたらめで、世田谷区成城に、この×丁目はありません」

と、西本は報告した。

「そのときの彼の様子はどうだったか、聞いてみたかね？」

「はい。フロントと彼を部屋に案内したボーイの話では、ひどく、いらついていたようです。ボーイは、部屋に案内する間、あの男が、何かしきりに口の中で呟《つぶや》いていたといっています」

「一日だけで、チェック・アウトしたわけだね？」

「そうです」

と、日下が肯《うなず》いた。

3

「どうも、彼の気持ちがわかりませんね」

と、亀井は十津川にいった。

「そうだね。新宿のホテルに事件のあと泊まっていたのは事実だったが、住所はでたらめなのに、名前は長谷川健と書いている。名刺や背広のネームと同じ名前をね」

「今のままでは起訴できませんか？」

「地検と相談してみたが、無理だということだった。裁判になってから否定されると、有罪に持っていけないというんだよ。住所も不明。長谷川健という名前も嘘のようだからね」

と、十津川はいった。

「彼は、なぜ『サン』の長谷川健だと主張しているんですかね？　本物が、ちゃんといるのに」

「わからないが、ひょっとすると本物の長谷川健に恨みを持っているのかもしれないな」

「あるいは、株式会社『サン』にでしょうか」

「ああ。それで長谷川健の邸に忍び込み、背広や腕時計などを盗み出し、彼になりすましてＯＬを刺して自首した。マスコミが書き立てたら、あとで、あれはニセモノとわかっても、長谷川健や『サン』には、傷がつくからね」

「ともかく、『サン』も長谷川健本人も、相当、あくどいことをして、のし上がって来ましたからね。恨んでいる人間がいても不思議はありません」

「しかしねえ、カメさん。もし、そうだとしたら、普通は会社に放火するとか、社長や重役を殺すんじゃないかね？　全く無関係なＯＬを刺し殺して、それを『サン』の重役の犯行に見せかけるというのは、おかしいんじゃないかな」

と、十津川はいった。

「確かにそうですねえ」

と、亀井は考え込んでいたが、

「ひょっとすると、あの男は、ＯＬ殺しには無関係かもしれません」

「無関係なのに『サン』か長谷川取締役に復讐《ふくしゅう》するために、自首したというわけかね？」

「それなら納得できると思うんですが」

「いざとなれば自供を引っくり返せばいいというわけか？」

「そうです。『サン』か長谷川健を傷つければいいわけですから」

「ＯＬ殺しは、シロか」

十津川は呟いて、宙を見つめた。

彼は、三上本部長に相談することにした。

「あの男が、シロだと？」

と、三上は眼をむいた。

「その可能性が強いと思うようになりました」

と、十津川はいった。

「しかし、自供どおり、犯人の可能性だってあるんだろう？」

「それもあります。しかし、今の状態では送検できません」

「何とか、証拠はつかめんのかね？」

「無理です。時間がかかります。自宅の住所も本名も不明。犯行に使われた千枚通しの行方もわからずでは、無理です」

「あの男の衣服に、殺されたＯＬの血液が付着していないのかね？」

「科捜研に送って調べてもらいましたが、見つかりませんでした」

「それで君は、彼を釈放したほうがいいというのかね？」

「釈放して尾行します。そうすれば彼は自宅に帰り、本名が判明するかもしれません」

「絶対に逃がさないという自信はあるのかね？」

「大丈夫です」

と、十津川はいった。が、三上は、すぐには決断しなかった。無理もなかった。わざわざ自首して来た人間を追い払うのだからである。

「地下鉄の警備のほうは、どうなっているんだ？」

と、三上は、代わりに質問した。

「次に、どの系統の地下鉄で犯行があるかわかりませんので、十系統のすべての電車に刑事たちを乗車させるつもりです。ラッシュの時間帯だけですが」

十津川は、いった。

「それで万全なのかね？」

「万全とはいえません。どの系統でも、ラッシュには、五、六分おきに走っていますから、その全部に刑事を乗せるのは無理です。重点的に、全系統に、ということになってしまいます。あと、車掌に注意してもらうより仕方がありません」

と、十津川は正直にいった。

事件の性質から、捜査員は二十五人に増員されているが、それでも十系統の地下鉄に分ければ、一系統二・五人でしかないのである。

四月十二日になって、三上本部長は、あの男を釈放することに同意した。尾行をつける条件でである。

「君を釈放する」

と、十津川がいうと、「名刺の男」は喜ぶ代わりに、

「なぜですか？」

と、咎《とが》めるようにきいた。

「証拠がないからですよ」

「私自身が、やったといっているのにですか？」

「何度もいったように、自供だけではどうしようもないんですよ。住所も名前も不明ではね」

と、十津川はいった。

相手は何かいいかけたが、所持品を受け取ると捜査本部を出て行った。

西本と日下の二人が尾行することになった。

4

十津川と亀井は、新しい事件の発生に備えなければならなかったからである。

三上本部長が要請したにもかかわらず、第二の事件に対するマスコミの報道の仕方は、センセーショナルだった。

若いＯＬばかり二人が狙われたからだろう。

中には、殺された西尾ゆう子と、危うく助かった寺内きよみの二人の顔写真をのせ、「狙われやすい女性の顔立ち」などと書いた週刊誌もあったくらいである。

地下鉄には、私鉄との相互乗入れもあるので、その電車の警戒も必要だった。まだ、夕方のラッシュまでには何時間かある。

それまで、十津川の関心は、釈放したあの男の動きだった。

現在、午後二時四十二分。彼は果たして、どこへ行くだろうか？　自宅へ帰ってくれれば、住所と本当の名前がわかるだろう。

尾行している西本と日下から連絡が入ってくる。

最初の電話連絡は、巣鴨署近くの喫茶店へ入ったというものだった。

一時間後の電話で日下が、

「まだ同じ店です」

と、いった。

「もう一時間たってるぞ」

「そうなんです。コーヒーとケーキで粘っています」

「誰かを待っている気配は？」

「それはありませんね。何かを、じっと考えている様子です」

「どこかへ電話したことはないかね？」

「ありません。今、じっと窓から通りを見ています。何か動きがあったら連絡します」

といって、日下は電話を切った。

十津川は、東京の大きな地図を広げ、その上に、現在あの男がいる場所に印をつけた。もう一つ、壁に貼ってある地図は、東京の地下鉄の路線図である。

「あの男は、何を考えているのかな？」

十津川は、東京の地図を見ながら呟いた。

「第一の事件の犯人なら、なぜ、あんなことをしてしまったのか、これから、どうしたらいいか、それを考えているんじゃないでしょうか？　警部も、多分、私と同じだと思いますが、あの男が犯人だとしても、どうしても憎めないのです。なぜなのか、よくわからないんですが」

と、亀井がいった。

「カメさんも、そんな気分かね」

「ええ。株式会社『サン』の長谷川取締役というのも、どうやら嘘のようですが、それでも憎めない。若いＯＬを殺しているんだから憎むべき犯人なんだと、自分にいい聞かせているんですが」

「眼かな？」

「あの男の眼ですか?」

「ああ。悲しげで、ときどき投げやりな眼つきをしていた。それとね、あの男が、自分がOLを殺したと主張すればするほど、私には、あんなことのできない人間のような気がして来るんだ。あの違和感は、何なのかな」

と、十津川はいった。

十津川は、何度も、あの男を取調室で訊問した。そのとき、どうしても声高に怒鳴りつけることができず、丁寧な口調に終始した。彼と向かい合っていると、どうしても、そんな言葉遣いになってしまうのである。相手に対する尊敬ではなかった。殺人犯かもしれない男を尊敬はできない。あれは多分、憐憫《れんびん》に近い感情だったのだと、十津川は思う。

午後四時十六分。

西本から電話が入った。

「今、池袋のSデパートです」

「あの男がデパートに入ったのか?」

「そうです」

「デパートで何をしているんだ?」

「今、五階の貴金属売場ですが、ただ、ぼんやりとショーケースを見ているだけです。

七階から順番に見て来て、五階におりて来たところです」

と、西本はいう。

「何か買うためにに、デパートに入ったのかな？」

「わかりません。単なる時間潰《つぶ》しのような気もするんです」

「巣鴨から池袋まで、何で行ったんだ？」

「山手線に乗りました」

「池袋まで二駅だね」

「そうです」

「車内での様子は、どうだった？」

「この時間なので、すいていたんですが、彼は座席に座ろうとせず、ドアのところに立って外を見ていました。喫茶店でもそうだったんですが、いつも何かを考えているみたいですよ」

と、西本はいってから、

「今、五階にある小さなフルーツ・パーラーに入りました。日下君が、あとから入って行きました」

「相変わらず、彼は、どこにも電話を掛けていないのか？」

「はい」

「ただ、時間を潰しているわけじゃないと思うんだが」

「私も、そう思いますが、全くわかりません」

と、西本はいった。

亀井が、電話を切った十津川に、

「あの男は、ラッシュアワーになるのを待っているんじゃありませんか？」

「地下鉄の車内で、ＯＬを刺すためにかね？」

「そうです」

「しかし、あの男が第一の事件の犯人だとすれば、釈放されても、監視されていることはわかっていると思うね。それなのに釈放されたその日に、また犯行に及ぶだろうか？」

十津川は、否定的だった。

「しかし、病気かもしれません」

「病気？」

「そうです。性的な病気です。もし、彼がそれでＯＬを刺したとすると、理性よりも感情が先走って、監視されているとわかっていながら犯行に走るかもしれませんよ」

と、亀井がいったとき、それに合わせたように、西本たちから電話が入った。

「デパートの文具売場で、彼が千枚通しを買いました」

と、西本が興奮した口調でいった。

十津川も、自然に険しい眼つきになっていた。

「それは、本当かね？」

「フルーツ・パーラーから出て、まっすぐ文具売場に直行しました。どうしますか？逮捕しますか？」

と、西本がきく。

「今、彼はどうしているんだ？」

「Sデパートを出て近くの喫茶店にいます。どうしますか？　逮捕しますか？」

「逮捕？　千枚通しを買ったからといって、逮捕できるはずはないだろう」

と、十津川は苦笑いした。

「しかし、危険です。今いる喫茶店は駅の傍《そば》ですから、ラッシュアワーになるのを待って地下鉄に乗る気なのかもしれません」

「その心配はあるから、君たち二人で、ぴったり彼をマークしていてくれ」

「わかりました」

といって、西本は電話を切った。が、十五、六分して、また連絡して来た。

「彼が電話をしました」

「喫茶店の中でかね？」

「そうです。店の中の公衆電話を使いました」

「どこへ掛けたか、わかるかね？」

「残念ながらわかりません。近づくと気付かれますので」

「電話中の表情はどうだったね？」

「怒っているように見えましたが」

「時間は？」

「せいぜい、二、三分だったと思います」

「それだけでは、どんな内容だったか想像できんなあ」

十津川は、電話を切ったあとも、考え込んでいた。

「あの男が千枚通しを買いましたか？」

と、亀井が声をかけてきた。

「どうやら、カメさんのいうとおりになりそうだよ」

と、十津川はいったものの、やはり半信半疑の気持ちは消えなくて、

「どうもわからんね。あの男の気持ちが」

「ですから、やはり病気かもしれません。監視されているのを知っていて、わざわざ千枚通しを買うなんていうのは、病気以外に考えられません」

「しかし、それが証明できなければ、逮捕して病院へ連れて行くわけにもいかんからね。

話している限りは、極めて正常に見えたからねえ」

と、十津川はいった。

十津川にすれば、その点が不可思議で仕方がないのである。

十津川は、何度も、あの男を訊問した。株式会社「サン」の取締役というのは、どうやら嘘だったようだが、その他のことでは、落ち着いていて中年の常識を持った男と思えたのだ。その男が、ＯＬを刺したと自供し、また犯行を繰り返そうとするのだろうか？

「間もなくラッシュアワーに入りますね」

と、亀井が時計を見ていった。

十津川の顔が、自然と険しくなってくる。

「本当に、やる気なのかな」

と、十津川は腹立たしげにいった。

「大丈夫ですよ。西本君たちが、やらせません」

亀井が、安心させるようないい方をした。

「私も、そう思っているんだが、何しろラッシュアワーだからね」

と、十津川はいった。

ラッシュアワーの混雑は、十津川も毎日のように体験している。あの車内で、西本と日下の二人が、果たして、ぴったりと尾行していけるだろうか？　だが、ここまで来たら、あの二人に委《まか》せるより仕方がないのだ。

午後五時を過ぎたとき、西本から再び電話が入った。

「彼が、店を出ます。どうやら駅に向かうようです」

西本の声は急《せ》き込んでいた。彼も、ラッシュアワーが始まったことを知っているからだろう。

「とにかく、彼にぴったり、くっついていきます」

と、早口でいって西本は電話を切った。

十津川には、これ以上どうしようもなかった。西本と日下の二人に委せるより仕方がない。

（あの二人なら大丈夫だろう）

と、自分にいい聞かせる一方、釈放しなければよかったろうかと考えたりした。もし、あの男が地下鉄の車内で人を刺し、それで死亡でもしたら、弁明のきかない事態になってしまうだろう。

5

地下鉄池袋駅は、徐々にラッシュの様相を見せ始めていた。ここには丸ノ内線と有楽《ゆうらく》町《ちよう》線が入っている。

あの男は、丸ノ内線のホームへ降りて行く。西本と日下の二人も、彼の後を追って階段を降りて行った。階段もホームも通勤の人々で溢《あふ》れて来ていた。

「あいつは何を考えているのかな？」

日下が、小声でいう。

「そんなことはわからないが、奴が、Ｓデパートで買った千枚通しを持っていることだけは間違いないんだ」

と、西本がいった。

銀座方面行きの電車が入って来る。だが、あの男は、なかなか乗ろうとしない。

（何をしてるんだ？　早く乗ったら、どうなんだ？）

と、西本は、次第にいら立って来た。

ためらっているのだろうが、それにしては、男は、周囲を気にしていないように見える。きょろきょろしていないのだ。

四十分近くホームに立っていたろうか？

急に、彼が動いて電車に乗り込んだ。西本と日下も、彼と同じドアから車内に入った。いや、入ったというよりも、どっと押し込まれたといったほうがいいかもしれない。

西本と日下は、あの男の右手の動きに注意した。留置中に、彼が右利きだということはわかっている。まさか、人を刺すときだけ左手を使うということはないだろう。それに、Sデパートで買った千枚通しを、右のポケットに入れたことは確認していたからである。

だが、新大塚、茗荷谷《みようがだに》、後楽園と進んでも、あの男は、右手で吊革につかまったまま、何もしなかった。

大手町で、急に彼はドアに向かって突進し、発車間際にホームに降りてしまった。

西本と日下も、あわてて彼に続いた。

尾行に気付いて、西本たちをまこうとしたのかと考えたが、彼はホームに降りたあとは、妙にゆっくりと階段をあがり始めた。

彼は、いったん地上に出た。まるで地上の空気を吸い込むみたいに、しばらくじっと立っていた。

この辺りの会社から吐き出されてくるサラリーマンやOLたちが一つの流れになって、あの男の横を抜けて、地下鉄の駅に吸い込まれて行く。

「何をしているのかな？」

と、西本が小声で呟いた。

「まさか、獲物を物色しているんじゃないだろうね」

「獲物？」

「ああ、刺す相手さ。犯人にも好みの女がいるのかもしれない」

「そんな眼つきには見えないがねえ」

と、西本がいったとき、あの男は吸っていた煙草を投げ捨て、靴でもみ消してから、再び駅に向かって歩き出した。

今度は都営三田線のホームだった。

「第一の事件が起きた、三田線だよ」

と、西本が緊張した声でいった。

今度は、すぐ、やって来た電車に乗り込んだ。

西本たちも反対側のドア近くまで押し込まれた。

あの男との間に、太った大男が入り込んでしまった。西本と日下が、いらだって、その男を押しのけようとするのだが身動きがとれない。

電車の揺れを利用して、西本が、その男の足を蹴飛《けと》ばした。

「うッ」

と、相手が小さく呻《うめ》いて身体をよじらせた。その隙《すき》に、日下が素早くあの男の背後に、自分の身体を滑り込ませた。

足を蹴られた大男は、西本を睨《にら》みつけた。西本は、申しわけないと思いながら、知らん顔をしていた。その大男も白山《はくさん》で降りてしまった。

巣鴨を過ぎても、あの男は、ただ乗り降りする人の波に身を委せているだけだった。

いつの間にか、ドアの近くから、奥へ奥へと移動している。

新板橋あたりからは、もう乗ってくる乗客はほとんどなくて、降りて行くだけになっていく。車内もすいて来た。

（今日は、もう、やらないのかな）

と、西本が思ったとき、あの男の右手が動いた。

右手をポケットに突っ込み、ごそごそ動かしていたが、取り出したのはまぎれもなく千枚通しだった。

彼の前には背の高いＯＬがいた。

西本と日下が眼で合図をして、あの男に飛びついた瞬間、男の右手が前に突き出された。

悲鳴があがった。

西本の手が伸びて、男の持った千枚通しを叩き落とした。が、その先端は、若いＯＬの背中に突き刺さってから床に落ちた。

二人の刑事は、そのまま、あの男の身体をドアに押しつけて、西本が手錠をかけた。

男は全く抵抗しない。

日下が刺された女を見て、

「大丈夫ですか？」

「背中が――」

といって、彼女は顔をゆがめている。

電車が次の板橋本町に着くと、西本たちは彼女と男をホームに降ろし、駅員に、すぐ救急車を呼んでくれるように頼んだ。

6

あの男が三田線の車内でＯＬを刺したという報告を受けて、十津川は、予期していたことなのにショックを受けた。

ただ、西本からの報告で、刺されたＯＬが軽傷ですんだことがわかって、ほっとした。

刺されたＯＬの名前は上田《うえだ》順子《じゅんこ》。二十六歳で、今年の十月に結婚することになっているという。

亀井がすぐ病院に飛んで行き、彼女を見舞うと同時に、刺されたときのことを聞くことにした。

あの男は、西本と日下の二人が、捜査本部のある巣鴨署に連行して来た。

調べ室での男は、覚悟を決めた感じで落ち着いていた。そんな相手の顔を、十津川は、

じっと見すえて、

「今度こそ、名前と住所を教えてくれるでしょうね」

「名前は長谷川健ですよ」

と、男はいった。

「株式会社『サン』の取締役ですか？」

「名刺は、お見せしたはずですよ。なぜ信じてくれないんですか？」

「信じたいんですがねえ。長谷川健という取締役は、別にいるし、それに、あなたが本人なら、住所を教えてくれませんか。家族に会えば本人であることがすぐ証明されると思いますがね」

「それはいえません」

「なぜです？」

「家族に迷惑がかかるからです」

と、男はいう。十津川は、またかと溜息をついた。

「あなたの考えは矛盾しているじゃありませんか。家族に迷惑がかかるのが困るのなら、なぜあんなことをしたんですか？　それに、一方で『サン』の取締役の長谷川だと主張している。おかしいんじゃないかな」

十津川の言葉も、少しずつ乱暴になってきた。やたらに腹が立ったのだ。

男は急に黙ってしまった。十津川はいらだって、

「今度は黙秘かね？」

「別に、そんなことはしていませんよ。私は、地下鉄の車内で女性を刺した。それを否定はしていない。だから、さっさと起訴してください」

「そのために、尾行されているのを知っていて、わざと千枚通しを買い、それでOLを刺したのかね？」

と、十津川はきいた。

「尾行されていることなんか知らなかった。刺したいから刺したんですよ。警察も、だから逮捕したんでしょう？」

「本気で殺す気だったのかね？」

「そこまではわかりませんよ。とにかく、刺したかったから刺したんです。それで十分でしょう」

「第一の事件のときも、刺したかったから刺したのかね？」

「そうですよ」

「そして、名前は、長谷川健。『サン』の取締役か」

「そうです」

「本当は、長谷川邸に空巣に入って、今着ている背広や財布、それに腕時計を盗んだん

じゃないのかね？　名刺も、そのときに盗んだ背広の中に入っていた。それで長谷川健になりすましているんじゃないのかね？」

「そんなことはありません」

「それなら、自宅の場所や家族のことを、なぜ正直に話せないのかね？」

「私から、家族を巻き込む真似はできませんよ。あなた方が勝手に調べるのはかまいませんがね」

と、男は、頑固に主張した。

病院に、被害者を見舞っていた亀井が帰って来た。

「二、三日で退院できるといっています」

と、亀井は報告した。

恋人も急いで駆けつけて来て、あつあつのところを見せつけられたとも、亀井はいった。

「犯人のほうは、どうですか？」

「いぜんとして、長谷川健以外の名前はいわないんだ。家族が困るから、自分のことを話さないというのも、どうも眉唾《まゆつば》な気がしている」

「そうですね。本当に家族のことを考えているのなら、ＯＬを刺すような馬鹿な真似はしないでしょうからね」

「今度は犯行の目撃者もいるし、凶器もあるから送検はできるが、その前に、何とかして身元を割り出しておきたいんだよ。氏名不詳で起訴では、恰好がつかないからね」

「マスコミの力を借りますか？」

と、亀井がいった。

「そうだね。最後は、市民の協力を仰ぐことになるだろうね」

と、十津川も肯《うなず》いた。

午後九時を過ぎて、十津川は、もう一つの決定を迫られた。

都内の地下鉄各線で警戒に当たっている刑事たちのことだった。すでに、ラッシュアワーは過ぎている。

そのまま終電まで監視に当たらせておくか、それとも引き揚げさせるべきかの決定である。

前の二件、それと今日の事件も、ラッシュアワーに起きている。もちろん、次の事件が必ずラッシュアワーに起きるとは限らないが、明日も明後日も警戒を続けなければならないのである。

終電まで張り付けておくとなると、全員が疲れ切ってしまうだろうし、早朝の電車の警戒も必要になってくるだろう。ラッシュアワー以外もとなれば、始発から終電まで監視しなければならないからである。

十津川は三上本部長と相談し、刑事たちに、引き揚げるように指示を出した。

7

何事も起きないまま、時間が過ぎていった。

捜査本部では、十津川が、明日のラッシュアワーをどうするかについて、三上と話し合っていた。

「私は、明朝のラッシュアワーも、引き続いて警戒に当たるべきだと思います」

と、十津川は、三上にいった。

「あの男以外にも犯人がいるというわけだね」

「第二の事件は彼が犯人ではありませんから」

と、十津川はいった。

「それで、いつまでラッシュアワーの警戒を続ければいいんだね？」

と、三上がきいた。

「犯人が捕まるまでです」

「捕まるまで？　いつになったら捕まると思うのかね？」

「わかりませんが、犯人は、必ず、またＯＬを襲うと思っています。こうした事件では、犯人は何度も、同じ犯罪を繰り返すからです」

「ラッシュアワーにかね？」

「そうです。犯人は、ラッシュアワーがいちばん安全と思っているに違いないからです」

と、十津川はいった。

十津川が、三上本部長との話し合いを了《お》えて、部屋に戻ると、亀井がコーヒーをいれてくれた。

「そろそろ十二時になりますが、今夜はどうされますか？」

「もう少しここにいるよ」

と、十津川は、コーヒーをかき回しながら時計に眼をやった。

「まだ、心配ですか？」

「ああ、地下鉄が走っている間は心配だね」

と、十津川はいった。

「しかし、もうこの時間じゃあ地下鉄の車内はガラガラじゃありませんか」

「そうだろうが、最終電車が走り終わるまで、捜査本部で待機しているつもりだ」

と、十津川はいった。

大丈夫だと思って、刑事たちを引き揚げたのだが、どこかに不安が残っているからだろう。

「午前一時には、どの線も最終電車が走り終わっていると思います」

と、亀井がいった。

十津川は、腕時計に眼をやった。午前〇時八分になっている。あと五十分で、心配をしなくてよくなる。今日だけはだが。

そのころ、地下鉄日比谷《ひびや》線の銀座駅のホームには、昼間とは違った種類の乗客たちが集まり始めていた。

中目黒《なかめぐろ》行きの最終に乗る水商売の女性や、マネージャーやボーイたちである。

八両編成の銀色のアルミ製の車体が滑り込んでくると、華やかな女たちが、男たちに守られるようにどっと乗り込んでいく。

〇時一七分発の最終である。

この銀座駅を出る地下鉄は、他に、銀座線、丸ノ内線があるが、この二つの路線の最終は、もう出てしまっている。だから、中目黒行きの最終が出ると、銀座駅はシャッターを閉めて短い眠りに就く。

一方、電車のほうは、ホステスたちの華やかな色彩や嬌声《きようせい》を乗せて中目黒に向かっていた。

空いた席を素早く見つけて眠ってしまっているホステスもいれば、客の悪口を喋っている者もいる。

電車が終点の中目黒に近づき、眠っていたホステスも、のろのろと立ち上がり、乗客たちはドアのほうへ歩いて行く。

ドアが開いて、どっとホームに降りた。

「おい。危ないよ」

と、ボーイの一人が、よろけた同じ店のホステスの身体を抱えようとして、次の瞬間、息を呑《の》んで立ちすくんだ。

そのホステスが、どさっとホームに倒れ込み、低い呻き声をあげたからである。それに白っぽいコートの背中に、みるみるうちに真っ赤な血潮が広がっていったからでもあった。

8

十津川たちは中目黒に急行した。

パトカーの中で、十津川は、じっと唇を嚙《か》みしめていた。もちろん、警戒を続けていたからといって、今度の犯行を防げたかどうかはわからないが、それでも、刑事たちを引き揚げたことへの後悔が、十津川を捉《とら》えて放さない。

「終電のラッシュアワーというのも、あったんですね」

と、亀井が呟いていた。

すでに、中目黒では、目黒署の刑事たちが、同じ電車に乗っていた乗客から証言を集めてくれていた。

刺されたホステスは近くの救急病院に運ばれ、手術を受けているということだった。

十津川は、亀井にそちらへ行ってもらい、自分は目黒署で事件の経過を聞くことにした。

他の証人は、もう帰宅してしまっていたが、被害者と同じ店で働いていて、事件にぶつかったボーイだけは残っていてくれた。

木暮保《こぐれたもつ》という二十四歳の青年である。

刺されたのはクラブ「オリエント」のホステス、水原美奈子《みずはらみなこ》、二十八歳で、木暮と一緒に中目黒行きの終電に乗っていた。

「刺された瞬間は見ていません。まさか、こんなことになるとは思っていませんでしたからね。終点で、どっと降りたとき、彼女が倒れそうになったんで、あわてて助けようとしたら刺されていたんですよ」

と、木暮は、まだ興奮した口調を続けていた。

「電車は混んでいたんですか？」

と、十津川はきいた。

「銀座で乗ったときは、混んでいましたよ。これは、いつも同じです。銀座で働くホステスたちの専用車みたいなものです」

「すると、顔なじみが、いつも乗っていたわけですか？」

「そうですねえ。五、六人は、知り合いが同じ車両に乗っていましたよ。でも、銀座から出てるわけじゃなくて、北千住から来てるんでしょう。知らない顔だって、たくさん乗ってましたよ」

「あなたは、ずっと、刺された水原美奈子さんの近くにいたんですか？」

「いたけど、ボクは同じ店で働いている山田クンと、ずっと喋っていたから、彼女のことは見てないんです」

「その山田クンは、中目黒で降りたんですか？」

「いや、一つ手前の恵比寿《えびす》で降りました。あの近くのマンションに住んでるから」

「では、そのあとは水原美奈子さんを見てましたか？」

「いや、確か中吊りの広告を見てましたよ。芸能週刊誌の広告だったかな。うちに、この間飲みに来たタレントのことが出ているんでね」

「そのあとは？」

「中目黒に着いて、わあッとドアのほうへ、みんなで降りて行ったんです。そしたら、彼女がホームでよろけたんで、あわてて抱えようとしたんです」

「そして、刺されているのに気がついた？」

「ええ」

「そのとき、誰か挙動の怪しい人物を見ませんでしたか？」

と、十津川はきいた。

木暮は眉を寄せて、

「それを、ずっと考えていたんですけどねえ。思い出せないんだなあ。何しろ、眠たかったし、少し酔ってましたからねえ」

「あなたも美奈子さんも、いつも中目黒行きの最終に乗るんですか？」

「必ずということはないけど、ボクも彼女も定期を持ってますよ。車だと駐車場探しが大変だし、地下鉄に馴れてますからねえ」

「すると、もし彼女を刺そうと思ったら、中目黒行きの終電に乗っていれば、会えるというわけですね？」

「まあ、そうですね。お客と帰る日もありますけどね」

といって、木暮は小さく笑った。

目黒署の刑事が、他の乗客の証言と、氏名を教えてくれた。

銀座から乗って来た男女一人ずつと、日比谷から乗った男が一人である。

銀座から乗ったのは、二人とも水商売の人間で、被害者とは違う店のホステスとマネージャーである。

女の名前は塚本《つかもと》ひろみ、三十二歳、男は野口洋《のぐちひろし》、五十歳。野口のほうは結婚している。

塚本ひろみの証言。

「いつも地下鉄を利用しています。今日は、あの電車に乗ってすぐ席が空いたので、座ったら眠ってしまって。マネージャーの野口さんが起こしてくれたのは、中目黒に着く寸前でした。だから、彼女のことは覚えていません。中目黒で、野口さんと一緒に降りたら、うしろで、わッと騒ぎが起きて、振り向いたら、彼女がホームに倒れていたんです。彼女とは、何度か終電の車内で顔を合わせていますが、名前も知らないし、話をしたこともありません。それから、怪しい人間は見ていませんわ」

野口洋の証言。

「電車の中では、吊革につかまって文庫本を読んでいました。時代小説です。中目黒に近づいたので、座って眠っている塚本ひろみを起こして、一緒に降りました。あッという男の声が、うしろで聞こえたので振り向いたら、白っぽいコートを着た女が倒れていたんです。彼女の顔は知っていましたよ。怪しい人間には、気がつきませんでしたねえ」

日比谷から乗った男は、K興業の販売一課のサラリーマンで、名前は矢木英司《やぎえいじ》、二十九歳。

この日、矢木は、職場の同僚たちと、数寄屋橋のマージャン屋で午後十一時半ごろまでマージャンをした。

そのあと、ひとりで歩きたくなり、深夜の街を日比谷まで歩き、日比谷線の最終に乗ったのだという。

その矢木英司の証言。

「終電に乗ったのは初めてです。ホステスがたくさん乗っているのには、びっくりしましたね。やたらと、きょろきょろしてましたよ。終点の中目黒で降りたら、前のほうで騒ぎが起きたんです。何だろうと思ってのぞいたら、白っぽいコートを着た女の人が倒れていたんです。もちろん、知らない人ですよ。怪しい人間ですか？　一人、男の人が、改札口のほうへ、小走りに行くのを見ましたよ。他の人たちが、みんな、倒れた女性を見ていたのにね。でも、あの男が、犯人かどうか、わかりませんね。ただ単に、早く家に帰りたかったのかもしれませんしね。身長は一七〇センチくらいだったかな。サラリーマン風で、黒っぽいコートを着てましたよ。顔は見ていないんです。後ろ姿しか見ていません」

二時間ほどして亀井が病院から帰って来た。

「ついさっき手術が終わったところですが、話は聞けませんでした」

「助かるのかね？」

「医者は、手術は成功だったといっています。しかし、彼女が話をできるのは、何時間かあとだともいっていました」

「とにかく助かってほしいね」

と、十津川はいった。

「犯人について、何か手掛かりはありましたか?」

「まあ、ほとんどないに等しいね」

と、十津川はいい、四人の証言記録を、亀井に見せた。

「怪しい人間を見たというのは、サラリーマン一人ですか」

「それだって犯人かどうかわからん。下手に犯人だと思い込むと、捜査を誤るかもしれないよ」

と、十津川は自戒するようにいった。

「これで、四件ですね」

亀井が確認する感じでいう。

「例の男が、三番目の事件の犯人だということしか、わかっていないんだ」

「第一の事件も、あの男は自分がやったと自供していますが」

「私はね、あの自供は信用していないんだ」

と、十津川はいった。

「しかし、警部。彼がシロだとすると、なぜ、自分がやったなどと自供したんでしょうか？　それだけでなく、われわれが証拠不十分で釈放すると、われわれに対する嫌がらせみたいに、千枚通しを買い込み、地下鉄の車内でＯＬを刺しています。なぜ、あんなバカなことをするんですかね？」

亀井は、腹立たしげにいった。

「これまでにも考えたが、理由は、二つ、あると思うね。一つは、ただ単に、騒ぎを起こしたいのか――」

「もう一つは、株式会社『サン』と、あの会社の重役への嫌がらせですか？」

「そちらのほうが正解だと、私は思っているんだがね」

「これがニュースになれば、『サン』や長谷川取締役が困ると思っているんでしょうか？」

「そうだろうね。社長や長谷川取締役は弁明している。あの男は自分たちとは全く関係がないとね。それだけでも、会社にとってイメージ・ダウンになると考える人もいるんじゃないかね」

「自分を犯罪者にしてでも、と考えると、あの男の、『サン』や長谷川取締役に対する憎しみは、相当、根強いものがありますね」

と、亀井はいった。

十津川は、「そうだな」と肯いてから、

「今度の一連の事件は、二つに分けて考えるべきだね」

「連続殺傷事件と、ニセ取締役事件の二つですか？」

「厳密にいえば、そうなんだが、微妙なところでつながっているからね。そこを、どう区別して捜査を進めて行くかだね」

と、十津川はいった。

9

水原美奈子は命をとりとめた。

十津川たちは、必死になって聞き込みの輪を広げて行ったが、犯人の目撃者は見つからなかった。

唯一、矢木英司の証言だけだったが、彼の証言にしても、一七〇センチくらいで、サラリーマン風の黒っぽいコートの男というだけでは、あまりにも漠然としていた。それに、この男が果たして犯人かどうかもわからないのである。

こうした事件の捜査は、犯人が狙う相手が、極端にいえば誰でもいいのだから、被害者から犯人を特定できないことが、壁になってしまう。

被害者の周辺をいくら洗っても、犯人とつながるものは見つからないのだ。

三日間が空しく過ぎた。例の男は送検されたが、真犯人は逮捕されていない。

四月十五日の昼ごろ、西本刑事が、いやに興奮した表情で、十津川に、

「今、これが届いたそうです」

と、白い封書を差し出した。

速達で、宛名は、「地下鉄連続殺傷事件捜査本部、十津川警部殿」と書かれている。

裏を返すと住所の記入はなく、ただ「千枚通シノ男」とあった。

西本が興奮しているのは、この差出人の名前なのだなと思いながら、十津川は、手袋をはめ、封を切った。

中身は、便箋が三枚、封筒と同じ、やや右上がりの文字が並んでいる。大きな筆跡のはっきりした字だった。

〈都営三田線デ捕マッタ男ハ、ニセモノデアル。アノ男ハ、タダ単ニ、目立チタイダケノ人間ニスギヌ。自分ノ行為ニ対スル何ラノ主張モナイノダ。私ハ違ウ。私ハ、現代ノ乱レタ社会ヘノ警鐘ヲ鳴ラシテイルノダ。若イ女タチハ、イタズラニ表面的ノ華ヤカサノミヲ追イ求メ、男タチハ、ソレニ迎合シテイル。コノ風潮ヲ正サナケレバ、日本ノ国ハドウナルノカ。ソレヲ口ニシテモ、女タチハ、セセラ笑イ、改メル気配ヲ見

セヌ。ヨッテ私ハ、ヤムヲ得ズ、自堕落ナ女タチト、ソレヲ許シテイル社会ニ対シテ、実力デ、警告ヲ与エルコトニシタノデアル。彼女ラガ反省シ、社会ガ目覚メヌ限リ、私ハ、コノ犯行ヲ続ケテ行クツモリデアル。次ハ一週間以内ニ実行スル。

四月十四日　　　　　　　　　　　　　　　　　　千枚通シノ男〉

十津川は、読み終わると、黙って亀井に渡した。

亀井は、二回ほど読み直してから、

「何ですかね？　これは」

と、眼をむいた。

「カメさんは、犯人が書いたものと思うかね？」

「何ともいえませんね。今度みたいに、マスコミが大きく取り上げた事件では、いろんなことが起きて来ますからね。去年の連続殺人のときも、おれが犯人だという手紙が、何通も届いたじゃありませんか。全部、インチキでした。今は、目立ちたい人間が多いですから」

「これも、その一通だと思うかね？」

「正直いって、わかりません。いたずらにしては、妙に凝《こ》った手紙のようにも思えますから」

と、亀井はいった。

「私もね。単なるいたずらにしては、いやに凝った文章だと思っているんだよ」

と、十津川もいった。

「もし、真犯人からの手紙だとすると、一週間以内に、またOLを刺すというわけですね」

「このまま発表したら、パニックが起きるんじゃないかな」

と、十津川はいった。

「そうですね。地下鉄を利用しているOLは怯《おび》えますすね。いや、クラブのホステスも刺されていますから、若い女は全部ということになります」

「この手紙でも、OLとは書いてなくて、若い女たちと書いてあるよ。とにかく刑事部長と相談してみる」

と、十津川はいい、捜査本部長になっている三上刑事部長に、会いに行った。

十津川が、三上に手紙を見せると、

「このことで、今、中央新聞から電話があったよ」

と、三上はいった。

「やはり、新聞社にも同じものを送りつけたんですか」

十津川は溜息をついた。これで、秘密にはできなくなったと思ったからである。

三上は、手紙に眼を通してから、

「宛名が君になっているところを見ると、手紙の主は君に対して挑戦しているのかもしれんね」

「かもしれません」

「記者たちは、午後一時に記者会見をして、この手紙に対する警察の考えを知りたいといっている」

「夕刊に間に合うようにですか」

と、十津川は苦笑した。

新聞各社の記者、それにテレビの記者もやって来た。

「千枚通シノ男」は、あの手紙をコピーして、テレビ局にも送りつけていたのだ。

記者たちの質問は、まず、これが犯人からのものかどうかということだった。

「断定は、難しいですね」

と、十津川は正直にいった。

「しかし、感触というものがあるでしょう？　その点はどうなんですか？」

と、記者の一人がきく。

十津川は笑って、

「それは本物だといわせたいんですか？」

「しかし、十津川さんは、いくつも同じような事件を手がけて来たわけでしょう。その経験で、どうなんです？　単なるいたずらだと思いますか？」

と、記者が切り込んできた。

「いや、いたずらにしては手がこんでいると思いますよ。ただ、こうしたことでは、慎重の上にも慎重に対応したいと思っているのです」

と、十津川はいった。

「本部長の考えはどうですか？」

と、記者がさらにきく。三上本部長は、「そうですねえ」と重々しく、

「私も慎重に対応したいと思っていますよ。七分三分で犯人からだと思っているが、もし、いたずらだった場合は、犯人逮捕を遅らせてしまう恐れがありますからね」

「しかし、重要なのは、この手紙の最後に、一週間以内に、またやると書いている点だと思うんですよ。犯人からだとすると、この予告に、当然、備えなければならんでしょう？」

「もちろんです」

「日付が昨日になっているから、今日、明日にも、犯人は、やるかもしれない。その対策は立てているんですか？」

「その点はどうなんだね？」

三上が十津川を見た。十津川は、質問した記者に向かって、

「この手紙が来なくても、われわれは次の犯行があると考え、刑事たちを動員して都内の地下鉄に乗せています」

「全電車に乗せているんですか?」

「鉄道警察隊の応援も得て、全電車に少なくとも二名の人間を乗せたいと思っています。各地下鉄の職員も協力してくれています」

「しかし、ラッシュアワーのとき、一電車に二名で、狙われる女性全部を守れますか?」

「厳密にいえば無理ですよ。しかし、一電車に何十人も乗せるわけにはいきませんからね。新聞には、警察が万全の警備態勢を敷いていると書いてください。それで犯人に対する牽制《けんせい》になります」

と、十津川はいった。

「この手紙は全文掲載してかまいませんか?」

「それについてですがね」

と、三上本部長が口を挟《はさ》んで、

「この手紙を、新聞にのせることは自由です。いや、のせていただきたい。ただ、最後の一行は、パニックを引き起こす恐れがあると考えているのですよ」

「しかし、もし、これが犯人の書いたものとすれば、地下鉄を利用する女性に対しては、むしろ、これをのせて警戒させたほうがいいんじゃありませんか？　無警戒でいるより、ずっといいと思いますがねえ」

と、記者の一人がいった。

「どう思うね？」

と、三上が十津川の意見を求めた。

「問題は」

と、十津川はいった。

「若い女性が、どう反応するかということです。冷静に反応してくれるなら、最後の一行も発表すべきだと思いますね。ただ、本部長が心配されるのは、過剰な反応が起きる場合です」

「過剰というのは、どういうことですか？」

「例えば、ラッシュアワーで、男の身体が触れただけで、若い女性が悲鳴をあげたりすると、収拾がつかなくなるのではないかといったことです。犯人が、騒ぎを起こしたいと思っているとすると、いたずらに犯人を喜ばせることになってしまいます」

「それはわかりますが、今もいったように、無警戒で刺されたりすれば、肝心の部分を隠したということで、警察に対して非難が集中しますよ」

記者が脅かすようにいった。

その言葉がきいたのかもしれない。三上部長は、

「やはり隠すのはよくないな。この手紙は、全部、発表して、あとは読んだ人の判断に委せよう」

と、いった。

「もう一つ、十津川警部に質問がありますが」

と、若い記者が手をあげた。

「何ですか？」

十津川が相手を見た。

「警察宛の手紙は、十津川警部宛になっていたわけですが、それについては、どう考えておられるんですか？」

「いろいろ考えられますね。私が実際の捜査の指揮に当たっているからかもしれませんし、或いは私に対する挑戦かもしれません」

「僕は後者である可能性が強いと思うんです」

「かもしれませんね」

と、その記者はいった。

「そこで、十津川警部も、犯人に対して何かをいってくれませんか？」

「犯人の挑戦を受けて立つ気があるのかどうか、当然あると思いますが、それなら、ここで、犯人に対する警察からの挑戦状を書いて見せてくれませんか。それを新聞にのせれば、犯人は、かッとして、何かミスを犯すかもしれないと思うんですがねえ」

若い記者が、そういうと、他の記者たちも一斉に拍手した。

「何をです？」

〈犯人、十津川警部に挑戦〉

と書き、その横に、

〈犯人覚悟しろと、十津川警部〉

と並べば、読者が喜ぶということなのだろう。そんな思惑が見え見えだった。

それでも、十津川が一瞬考えたのは、記者のいうように、犯人が、それによってミスをするかもしれない。それなら効果はあるなと思ったからである。

しかし、十津川は、すぐ首を横に振った。

「今は、この手紙をのせるだけにしておいてください」

と、十津川はいった。

犯人が、かッとしてミスをすればいいが、逆に、怒りに委せて大量殺人に走ることも考えられるのだ。

記者たちは残念そうだったが、夕刊の締切りが近づいていることもあって、帰って行った。

10

記者たちの姿が消えたあとで、三上本部長は、十津川に向かって、

「本当は、どう思っているんだ？」

と、いった。

「何のことですか？」

「犯人が、君に挑戦しているんじゃないかということだよ。君も、そう思っているのかね？」

「正直にいって、わかりません。可能性はありますが、以前、同じような事件にぶつかった記憶がないのです。千枚通しで若い女性を刺すという犯人にです。もし、そんな事件があったのなら、わかるんですが」

「つまり、君が捕えて刑務所送りにした犯人が、出所して来て、君に挑戦しているということかね？」

「そうです。しかし、前に千枚通しで若い女を刺す事件を扱った記憶はないんです」

「すると、挑戦とは考えにくいかね？」

と、三上がきく。

「いや、そうとばかりはいえません。個人的な理由で、私に恨みを持っている人間がいて、今度のような犯罪にかこつけて、それを晴らそうとしていることも考えられなくはありません」

「それも、あり得るね」

「しかし、それにこだわると相手を見失ってしまう心配もあります。念のために、私に対する個人的な恨みの線も調べますが」

と、十津川はいった。

こうした、社会的な反響の大きな事件では、一刻も早く犯人を逮捕したいという焦りが生まれ、そのために、思い込みで捜査を進めてしまうことがある。誤認逮捕が生まれるのは、そんなときなのだ。

それでも、三上本部長は、立ち上がってから十津川に向かって、

「頼んだよ。次の犠牲者が出る前に、何としても犯人を捕えてくれ」

と、いった。

午後三時に、テレビのニュースで、問題の手紙のことを放送した。

十津川と亀井は、捜査本部で、この放送を見ていた。

他の刑事たちは、すでに計画に従って、地下鉄の各路線に出払っていた。ラッシュア

ワーには、まだ時間はあるが、犯人は気まぐれかもしれなかったからである。

テレビの画面に手紙の文字が映し出され、アナウンサーが興奮した口調で喋っている。

完全に、この手紙は犯人からのものと決めてしまってのアナウンスであり、キャスターも、その線に沿って話を進めていく。

犯罪心理学者と、大学の国文学の助教授が、ゲストで顔を見せ、こうした手紙を出す犯人の心理と、手紙の文章から見た犯人の年齢や知能程度などを、話した。

十津川と亀井は、興味を持って見ていた。

「この犯人は、手紙の中で、前に捕まった男のことを目立ちたいだけの人間だと批判していますが、この男のほうが、ずっと目立ちたがりじゃないかと思いますよ。それに現代の自堕落な風潮を非難していますが、人を殺しておいて社会への抗議もないでしょう。犯罪者というのは、自分の行為に理屈をつけたがるものですが、この犯人も同じだということですね」

と、犯罪心理学者のA氏がいった。

「今の若者に対する批判というのではなくて、今の若い女性に対する批判という点は、どう思われますか？」

と、ニュース・キャスターがきく。

「それは、女性に対して、苦い思いがあるんだと思いますね。よく、社会に対して怒りを感じるという人がいるんですが、問い詰めていくと、意外に、金を借りに行ったら断わられたといった個人的なことだったりするんですよ」

「すると、犯人は若い女にふられたといったことが、千枚通しを持たせたことになりますか？」

「そういうこともあると思いますね」

「しかし、女にふられたくらいで、若い女を無差別に刺そうとするものでしょうか？」

「一人の女性にふられたぐらいではないでしょう。しかし、二人、三人となると、女性全部が自分に対して冷たいのではないかと思いつめることがあるんですよ。そして、自分にも悪いところがあるのではないかという反省にはいかず、すべて女たちが悪いんだと思い込んでしまうわけです」

「千枚通しで刺すという行為に何か意味があると思いますか？」

と、キャスターがきく。

「そうですねえ。形と、突き刺すということで、女性に対するセックス願望が表われているのかもしれませんね」

と、A氏は微笑した。

「ラッシュアワーに犯行が集中していることは、どう思われますか？　犯人がサラリーマンということでしょうか？」

「それは、何ともいえませんね。しかし、自由業の人や商店主のように、電車のラッシュアワーの体験がない人とは考えられないから、サラリーマンか、あるいは、その経験がある人間といっていいかもしれません」

と、A氏はいった。

次は、国文学の助教授のB氏のコメントだった。

「文章から見て、あまり若い人とは思えませんね」

と、B氏はいう。

「年齢は何歳ぐらいと思いますか？」

「中年でしょう。四十代か、或《あ》いは三十代の後半じゃありませんかね」

「平仮名じゃなくて、片仮名という点は、どうですか？」

「それよりも、私は、『改メル気配ヲ見セヌ』とか、『セセラ笑イ』といった文章に特徴があると思いますよ。文語体でも口語体でもない。いってみれば、文語体崩れみたいな文章ですからね」

「それが、犯人の性格や、職業、或いは年齢に関係してくるでしょうか？」

「まともに考えると、戦前の教育を受けたのではないかとなるんですが、そうなると、六十歳前後になってしまう。ラッシュアワーに、千枚通しで刺すといった行動は無理でしょう。とすると、こういう文章が好きなんだと思いますね」

「好きといいますと？」

「そうですね。例えば時代小説とか、時代物のＴＶドラマが好きだということも考えられますよ。その中に出てくる侍言葉が好きで、よく真似をしていれば、こういう文章を好んで書くんじゃありませんかね」

「そういえば、ＴＶの時代劇で、主役のサムライが、クライマックスで、『許セヌ！』と叫んで、悪人を、バッタ、バッタと斬《き》り捨てるのがありましたね。この犯人は、自分が、あの主役にでもなっているつもりなんでしょうか？」

「それもあるかもしれませんね」

といって、Ｂ氏は微笑した。

最後は、やはり、キャスターが十津川の名前を出した。

「この手紙は捜査本部にも送られていますが、宛名は、本部長ではなく十津川警部になっています。このことから考えられるのは、犯人が、十津川警部に挑戦しているのではないかということです。その点について、当の十津川警部に感想を求めたんですが、ノーコメントということでした。どうも、犯人の挑発に、いちいちのっていても仕方がないということのようです」

と、キャスターはいう。

「少し違うねえ」

と、テレビを見ながら、十津川は文句をいった。

そんな十津川の当惑などにはかまわず、キャスターは、強引に次のようにまとめてしまった。

「警察も、もっと怒りを持っていただきたいですねえ。これは明らかに、警察に対する、十津川警部に対する犯人の挑戦だと思うのです。それに対して、ノーコメントでは困る。そんな弱気では、一般市民が安心して地下鉄に乗れませんよ。警察は、この際、もっとしっかりしてもらいたい。それが願いです」

テレビのニュースは別の事件に変わった。

十津川は、スイッチを消し、煙草《たばこ》に火をつけた。

「何を考えていらっしゃるんですか？」

と、亀井がきいた。

「ふと、犯人も、このテレビを見ているだろうかと思ってね」

「見ていると思いますね。新聞も読むはずですよ。犯罪者というのは、自分の行為が、どう見られているか気にするものですからね」

「手紙の主が、犯人だといいがね」

と、十津川はいった。

「なぜですか？」

「これが、犯人の書いたものなら、犯人も多少なりとも、自分の書いたものに拘束されるからね。こちらも対処しやすくなるんだ」

「私は、手紙の主は、やはり犯人だと思いますが」

と、亀井はいった。

「そう思うべきかな」

「それに、犯人は、警部に挑戦しているんだと思いますよ」

とも、亀井はいった。

「挑戦か」

十津川は壁時計に眼をやった。

間もなく、地下鉄各線で夕方のラッシュアワーが始まる。

(若い女を刺すことで、挑戦するというのは、どういうことなのだろうか？)

と、十津川は考え、彼は、必死に、犯人の顔を想像しようとした。

第三章　賭《か》ける

1

十五日は、終電が出てからも、地下鉄の車内では何事も起きなかった。

動員されていた刑事たちは、捜査本部や各警察署に戻って眠ることになったが、また数時間すれば、朝のラッシュアワーが始まるのである。

犯人の挑戦状は、十四日付で出されていて、一週間以内に、また一人を刺すと書いている。

それを文字どおりに受け取れば、二十一日までの間となる。したがって、二十一日まで、毎日、朝夕のラッシュアワーに刑事を乗せて警戒に当たらなければならない。いや相手はラッシュアワーと断わってはいないのだから、他の時間帯も警戒は必要だろう。

十津川と亀井も、捜査本部に泊まり込みである。

新聞やテレビが犯人の挑戦状を明らかにしたために、パニックにはならなかったが、さまざまな反応が現われた。

都心の会社に勤めるＯＬたちが、いつもは地下鉄で通っていたのが、バスやＪＲを利用するようになったのも反応の一つだろう。

テレビは、バスに乗るＯＬにインタビューして、彼女たちの恐怖を面白おかしく伝えた。

朝のラッシュアワーになっても、いつもほど混雑しない地下鉄の車内と、行列ができているバスの乗場の写真を、比べるように出したテレビ局もある。

地下鉄に乗っているサラリーマンに、マイクを突きつけて、

「そういえば、今日は若い女性が乗っていませんねえ。道理で華やかさがないなと思いましたよ」

といった声を聞き出していた。

捜査に当たる十津川たちにとっては、そんな放送や噂は雑音でしかなかった。現実に死者が出ているのだから、笑ってすませられることではなかったからである。

「私宛の手紙や、各新聞社に届いた例の挑戦状だが、すべて中央郵便局の消印になっているんだ。これをどう見るかね？」

と、十津川は、亀井の意見をきいた。

「特定の郵便局管内で投函すると、犯人は住所を特定されてしまうと思ったからじゃありませんか？　或いは、犯人の働く職場が東京駅の周辺にあって、出勤か退社の途中で投函したということも考えられます」

と、亀井がいう。

十津川も、そんなところだろうと思った。

「あれを見ると、犯人は自己顕示欲の強い男だと思うんだが、カメさんは、どう思うね？」

十津川がきくと、亀井は笑って、

「最近の犯罪の流行じゃないですか？　昔は、盗人にも三分の理といっていましたが、最近は、五分ぐらい理があると思っていますよ。困ったことですが、この犯人も、その一人ですね。また挑戦状を送りつけて来るんじゃありませんか」

と、いう。

「それを利用しようと思うんだがね」

「と、いいますと？」

「犯人は、若い女なら誰でもいいんだ。となると、被害者をいくら調べても犯人に辿《たど》りつけない。他の方法で、犯人をあぶり出すより仕方がないんだ。その一つの方法として、犯人が、また挑戦状を出すように仕向けたらどうかと思ってね」

「具体的に、どうしますか？」

「今度は、私がマスコミに、犯人に対する挑戦状をのせる。主義に反するがね」

「犯人を刺戟《しげき》するわけですか？」

「そうだ。この犯人は、恐らく、それに対して、また新しい挑戦状を送りつけてくると、私は踏んでいるんだがね」

「わかりました。犯人は、その新しい挑戦状を、また中央郵便局管内で投函するに違いないと、踏んでおられるんですね？」

「そうだ」

「それで、どうします？」

「私の挑戦状が新聞にのってから、四十八時間、中央郵便局管内のポストを、全部、監視するんだ」

「しかし、われわれには、犯人の顔が、わかっていませんが」

「そのとおりだよ。だが、何とかしなければならないんだ。東京中央の消印がつくポストがいくつあるか、まず、それを調べてくれ」

と、十津川はいった。

亀井が、すぐ中央郵便局へ電話して調べた。

わかったのは次のとおりだった。

中央郵便局は、ほぼ千代田《ちよだ》全域が対象で、郵便番号でいうと100と102の区域である。

この中にある官設のポストが百二十、それと、ビルなどが独自に備え付けたポストが百十で、合計二百三十である。

ただ、捜査本部の十津川宛と五大新聞社宛の挑戦状は、東京駅丸ノ内側のポストと中央郵便局のポストの二カ所に、それぞれ三通ずつ投函されていたことがわかった。

「次も、この二つのポストを利用するかどうかわかりません」

と、亀井はいった。

「それはカメさんのいうとおりだ。だが、ビルの中にある民間のポストは使わないだろう。無関係のビルに入って投函していたら、そのビルの人間が変に思うだろうからね。したがって、官設の百二十のポストの一つ、或いは、二つと考えていいと思うね」

「それでも、百二十ありますよ」

「百二十全部を四十八時間、監視するわけにはいかないから、思い切って範囲を狭くしてみよう。犯人は、東京駅と中央郵便局の二カ所のポストを使った。多分、東京駅で降りるか、途中下車して、投函したんだろう。だから、東京駅を中心に円を描き、その中のポストということにしよう」

「どのくらいの大きさの円ですか？」

「君は、歩いて、どのくらいの距離までなら、郵便を入れに行く気になるかね？」

「難しいですね。場合によって違うと思いますから」

「大事な手紙だ」

「それなら、十五、六分は歩いてもいいですよ」

「よし、それで行こう。十五、六分というと、八百メートルくらいかな？」

「そうですね」

「それで円を描いて、その中にあるポストを私の挑戦状が発表されてから四十八時間、監視しよう」

と、十津川はいった。

亀井が調べてみると、それでも、二十八の官設ポストがあることがわかった。

十津川は、二名一組ということで、五十六名の警官を用意してもらった。

それに、二十八台のバンと、暗視用のレンズのついたビデオカメラ二十八台である。

彼らは、二十八のポストの近くにバンを駐《と》め、窓のカーテンの隙間《すきま》から、四十八時間、そのポストに郵便物を投函しに来た人間を撮影するのである。

それだけの準備をしておいてから、十津川は、十六日の午前十時に緊急の記者会見を開いた。

記者たちが集まると、十津川は開口一番、

「今度の事件で、私は謙虚であることをやめることにしました」

と、いった。

記者たちは、一様にびっくりした表情を作り、

「今日は、どうしたんですか？」

「犯人を過大評価していたのに気付いたからですよ。挑戦状をよこして、僕たちに力んでいるが、小悪党でしかありません。それが、わかったんです」

「しかし、逮捕は難しいんじゃありませんか？」

「いや、そんなことはありません」

「すると、近日中に逮捕できるというわけですか？」

「そうです。犯人は挑戦状で、一週間以内に、もう一人、刺殺すると広言していますが、私も、受けて立ちましょう。今日から一週間以内に犯人を逮捕してみせます」

と、十津川はいった。

記者たちは、十津川のその言葉に色めき立った。

「その言葉を記事にしていいんですか？」

「かまいませんよ。ぜひ書いてください。絶対に一週間以内に逮捕してみせるとね。その自信はありますからね」

十津川は、彼には珍しく大見得《おおみえ》を切った。

その日の昼のテレビニュースが、この記者会見の模様を伝え、夕刊も書き立てた。

十津川は、それを見ながら犯人のことを考えていた。

犯人が、サラリーマンなら、五時に退社してから駅の売店で夕刊を買い、十津川の声明を読むだろう。

たまたま、今日、休みの会社の人間か、或いは現在、無職なら、昼のテレビで見たはずである。

どちらのケースも考慮するとすれば、犯人が十津川の挑戦を知るのは、早ければ昼と考えて対応しなければならないだろう。

十津川は、すぐに待機していた五十六名に指示を与えた。

犯人は、自己顕示《けんじ》欲が強く攻撃的な人物に違いない。とすれば、十津川の反撃に対して、恐らく、素早く強硬に出てくるに違いないのである。

犯人が、再び手紙を送りつけてくることを期待しているのだが、十津川の心配は、犯人が、あと二、三日後に次の犯行に走る気でいたのに、十津川の挑戦状を見てカッとなり、今日明日じゅうに犯行に走ることだった。

「その可能性は、大いにありますよ」

と、亀井も心配して、十津川にいった。

「もう一人、殺しておいて、どうだという手紙を出してくるのを、私はいちばん恐れているのだがね」

「犯人にしてみれば、それがいちばん警部を痛めつける手段と思うに違いありません」

と、亀井はいった。

犯人は、多分そうしたいだろう。十津川は確信していた。

警察としては、次の犠牲者は、何としてでも出してはいけない。が、同時に、犯人には、もう一度、手紙を出させたいのだ。

「犯人が、前と同じように二カ所のポストに投函してくれると助かりますね」

亀井が、間を置いていった。

十津川は、ニヤッとして、

「カメさんも、同じことを考えていたんだね」

「警部が今度の計画を立てられたときから、狙いは、それだなと思いました」

「例の挑戦状のとき、犯人は、六通の手紙を一カ所で投函したのでは怪しまれると思ったんだろう。殆《ほとん》ど時間を置かずに二カ所のポストに投函している。今度も、同じようにしてくれると有難いと思っているんだよ」

「両方のポストのビデオに映っている人間が、怪しいということになりますね」

「そうだ。そうなるといいんだがね」

と、十津川はいった。

彼の期待するのも、そうなることだが、これぱかりは、犯人がこちらの期待するように動くかどうかわからない。

いちばんいいのは、次の犯行に入らず、とにかく十津川に手紙を書いてくれることである。

2

十六日から十七日にかけて、十津川は、特に、警戒を厳重にするように指示したが、それで、絶対に、新たな犯行を阻止できる自信はなかった。

とにかく地下鉄の路線が多すぎるのだ。

十路線に走るすべての車両で、完全に阻止することは、まず不可能に近い。

もちろん、犯人のほうも、乗客の誰が刑事かわからないという不安もあるだろう。その恐怖がもしかすると次の犯行を阻止してくれるかもしれない。

十津川の不安には、犯人が警戒が厳重なことを見越して、地下鉄以外の車両で殺人を行なうのではないかということもあった。

今まで、犯人は、なぜか地下鉄にこだわっている。

しかし、この挑戦状には、次も地下鉄でやるとは一言も書いてないのだ。「乱レタ社会ヘノ警鐘ヲ鳴ラシテイルノダ」と、犯人は書いているが、地下鉄で殺す理由は書かれていない。

だが、ＪＲや私鉄の路線まで警戒を広げるだけの余裕はなかった。もし、そこまで警戒の輪を広げてしまうと、全警察官を動員しても間に合うまい。

十六日も何事もなく終わった。

「警部、少し眠られたほうがいいですよ」

と、亀井が十津川に声をかけた。

「今、何時だね？」

「間もなく午前二時になります。あと数時間で十七日の朝のラッシュが始まります」

「それまでの静けさか」

と、十津川は呟き、捜査本部の隅におかれたソファに仰向けに身体を伸ばした。

が、眼を閉じても眠れはしなかった。

「例の男は、今ごろ何を考えているだろうね？」

ふと、十津川が思い出して亀井にいった。

「自称『サン』の重役ですか？」

「ああ。思い出すと気になってね」

と、十津川はいった。

「今月中に、第一回の公判が開かれると思いますが、傷害で有罪は間違いないんじゃありませんか。本人も、千枚通しを買い、刺したことを認めていますし、目撃者もいますから。問題は、殺人未遂になるかどうかでしょう」

「あの男は、いったい、なぜ、第一の殺人まで自分が殺《や》ったといっていたのかねえ」

「わかりません。頭がおかしいのかもしれませんが」

「今度の犯人を逮捕したら、もう一度、あの男のことを調べてみたいと思っているんだ」

と、十津川はいった。

「しかし、あの男のことは、もう終わりましたよ。まだ身元はわかりませんが」

亀井は、首をすくめるようにしていった。

確かに、亀井のいうとおりなのだ。身元不明のままだが、すでに起訴されて十津川たちの手を離れてしまっている。

それは、わかっているのだが、十津川は、何か気にかかって仕方がないのである。

ただの人さわがせな男とは思えない。

大きな事件があると、おれが犯人だと名乗ってくる人間がいる。手紙をよこしたり電話をかけて来たり、時には出頭してくるのだが、たいていは精神異常者なのだ。

例の男は少し違っている。十津川が釈放すると、本当に、千枚通しで若い女を刺したのだ。それに、なぜか株式会社「サン」にこだわっている。

（なぜなのだろう？）

そんなことを考えているうちに、一時間、二時間と過ぎていく。

夜明けまでに少し眠ることができた。

午前六時には、十津川は顔を洗い、亀井のいれてくれた濃いコーヒーを二杯飲んだ。

間もなく、地下鉄の全線にわたってラッシュアワーが始まる。

天気はよく、いつものとおりのラッシュになりそうである。

捜査本部に落ち着いていられなくて、亀井は池袋駅に出かけて行った。

その亀井が、七時に電話をかけてきた。

「今、地下鉄丸ノ内線のホームにいます」

「若い女性の数は少ないかね？」

と、十津川はきいた。

「いつもより少ないのかもしれませんが、それでも、かなりの数が数えられますよ。自分だけは大丈夫だという気持ちがするんでしょう。何か連絡が入っていますか？」

「いや、まだ何の連絡も入っていない」

と、十津川はいった。

亀井は、地下鉄で廻ってみるといって、電話を切った。

十津川も、そうしたほうが落ち着けるだろうと思ったが、捜査本部を空《から》にするわけにはいかないのである。

壁に貼った地下鉄の路線図を、じっと見つめているより仕方がなかった。

午前八時七分。

恐れていた事件の発生が伝えられた。

3

しかし、地下鉄の車内ではなかった。

霞ヶ関のホームだった。

荻窪発の丸ノ内線の電車が着き、どっと乗客が吐き出され、出口に向かって、一つの流れになって歩き出したときである。

その流れの中で、突然若い女の悲鳴があがり、一人の女が、崩れるように前のめりになって倒れた。

人波も、当然、崩れて、小さな悲鳴が続けて起きた。

何事が起きたのかわからず、階段をあがって行く通勤客もあったが、倒れた女の周辺だけは、突然、動きが止まってしまった。

倒れた女の背中に、千枚通しが突き刺さっている。

誰かが大声で叫んだ。が、何をいっているのかわからない。

駅員が、人波を掻《か》き分けるようにして、突進して来た。

「警察だ！」

と、男の声が叫ぶ。

「救急車よ！」

と、女の声が悲鳴のように聞こえた。

若い駅員は、倒れた女の傍に辿《たど》りついたが、一瞬、どうしたらいいかわからなくて呆《ぼう》然《ぜん》としている。

もう一人の駅員が、息をはずませながら駆け寄り、

「一一〇番した。救急車も呼んだぞ」

と、倒れている女にとも、同僚の駅員にともなく、いった。

その間にも、電車が着いて、乗客の群れがホームに溢れてくる。その乗客たちは、何も知らずに出口に向かって殺到して行く。その大きな流れに逆らって、

「どいてくれ！　前を開けてくれ！」

と、怒鳴りながら、白衣の救急隊員と刑事たちが、階段を駆けおりて来た。

担架を持った救急隊員が駆けつけたとき、倒れた女の背中は血で赤く染まっていた。意外に血が吹き出さないのは、細い千枚通しが、突き刺さったままだからだろう。女は、ぐったりしたまま担架にのせられた。

緊張した顔の刑事たちは、厚い人垣に向かって、

「誰か、犯人を見ませんでしたか？」

と、大声できいた。

返事はない。

「こんなに人がいて、誰も見てないんですか！」

若い刑事が、いらだって怒鳴った。が、結果は同じだった。

また、電車が着き、新しい人波が押し寄せた。

ホームにできていた小さな円い空間は、たちまち崩れて行った。

刑事たちは、目撃者探しを諦《あきら》め、被害者が運ばれて行った方向に急いだ。彼女が生きているなら、彼女から事情を聞くよりない。

被害者が運ばれたのは虎《とら》ノ門《もん》のＫ病院である。

すぐ手術が始まった。が、その途中で被害者は絶命した。

十津川と亀井もＫ病院に駆けつけた。

被害者は、持っていた定期券と身分証明書から、厚生省に勤める若林冴子《わかばやしさえこ》、二十五歳

とわかった。

十津川は、テーブルの上に並べられた定期券や財布、身分証明書などを見ながら、今度の事件では、それが、何の意味もないことを感じていた。

犯人は、若い女なら誰でもよかったのだ。

したがって、被害者の名前や住所は、いくらくわしくわかっても、犯人に辿りつく手掛かりにはならない。

「参ったな」

と、十津川は小さく呟いた。

恐れていたことが現実になって、新たな犠牲者を出してしまったからである。

「元気を出してください。犯人は勝ち誇って、手紙を送りつけて来ますよ」

と、亀井が十津川にいった。

「あとは、それに期待するより仕方がないが、マスコミは私を袋叩きにするだろうね。大見得を切ったばかりだからね」

「犯人が逮捕されれば、警部が、なぜ、あんな態度をとったか、わかってもらえますよ」

「だが、逮捕できなかったら――」

「そんなことはありません」

「しかし、カメさん。これで、犯人が、手紙を送って来なかったら、どうするんだ？」

「大丈夫です。犯人は勝利に酔い、それを誇示したくて必ず手紙を送りつけて来ます」

と、亀井はいった。

「それならいいんだが――」

十津川は、急に気弱になってしまっていた。

もし、十津川が、あんな見得を切らなければ、若林冴子という女性は殺されなくてすんだのではないかと、考えてしまうからだった。

4

マスコミは、一斉に新たな犠牲者のことを伝えるとともに、予期したとおり十津川を非難した。

〈警察の強がりが、犯人を新たな凶行に走らせた〉

と書いた新聞もあるし、テレビのニュースでは、ゲストの評論家が、次のようにいって、十津川と警察を批判した。

〈こういう事件の犯人は、一種の偏執狂ですからね。下手に刺戟すると、カッとして何をするかわからないんです。それに対して、今度の警察のやり方は拙劣そのものですよ。犯人が逮捕できない焦《あせ》りから、あんな記者会見をしたんでしょうが、それが、この結果を生んだと思いますねえ〉

十津川は、努めて冷静に、こうした批判を受け止めた。

問題は犯人の出方なのだ。犯人が、勝ち誇って、また、手紙を出してくれればいいと思う。

もし、犯人が沈黙していたら、それこそテレビや新聞が非難したとおり、十津川のやったことは完全なミスになってしまうからである。

三上本部長は捜査会議を開いた。

もちろん、三上本部長にも、記者会見の本当の目的は説明してあったが、それでも彼は、不機嫌そのものの顔をしていた。

「十津川君。これが君の予想していた結果なのかね？」

と、三上は十津川を見た。

十津川は首を横に振って、

「また死者が出ることを予想していたわけではありません。ただ、犯人が、私の挑戦に怒って、また手紙を書いてくれることを願っていただけです」

「しかし、犯人が君の挑戦にカッとして、次の凶行に走ることだって予想されたわけだろう？」

「その可能性はあると思っていました」

と、十津川がいった。

同席していた本多《ほんだ》捜査一課長が、

「犯人は挑戦状の中で、一週間以内に必ず次の女性をやると宣言していたんです。したがって、十津川君が挑発するしないにかかわらず、犯人は凶行に走ったはずです」

と、いってくれた。

しかし、三上本部長は、

「だからといって、警察が非難をまぬがれるとは思えんよ。確かに犯人は一週間以内にと書いたが、今日殺す気だったかどうかはわからないじゃないか。十津川君の挑発で、予定を早めたことは間違いないんだよ。ひょっとすると、犯人は、挑戦状を出したものの、新たな凶行はやめる気になっていたかもしれないんだ。その可能性だってゼロにしたはずだからね。十津川君自身も、それはわかっていると思うがね」

「わかっています」

と、十津川は肯《うなず》いた。

三上本部長は、じっと十津川を見て、

「君は、犯人に向かって、一週間以内に逮捕してみせると見得を切った。これは犯人に対してだけでなく、市民の皆さんに対しても約束したことになるんだよ。警察としてだ」

「それも、わかっています」

「自信はあるのかね？」

「そのとき説明しましたように、犯人が反撥《はんぱつ》して、また、手紙を送ってくるのを期待しているんですが」

と、十津川はいった。

「必ず、そうなるという確信でもあるのかね？」

三上が、意地悪くきいた。

「犯人の性格から見て、新しい挑戦状を送ってくると考えてはいるんですが」

「その確率は百パーセントと思うのかね？」

「正直にいって、七十パーセントぐらいと思っています」

「もし、犯人が、今朝、新たに若い女を刺したことで満足して、手紙をよこさなかったら、それでも一週間以内に逮捕できるのかね？」

「全力はつくします」

「それじゃあ市民は納得してくれんよ。今朝殺された若林冴子の家族は、なおさらだ」

「わかっています」

「これで、一週間以内に逮捕できなければ、われわれは責任をとらなければいけなくなる。その覚悟はしておきたまえ」

と、三上はいった。

5

十八日になった。

必死の聞き込みにもかかわらず、凶行のとき犯人を見たという目撃者は見つからなかった。

凶器の千枚通しから指紋も検出されなかった。

十津川はしきりに腕時計を見た。

十六日の昼のテレビニュースが、彼の犯人に対する挑発の記者会見を放送してから、四十八時間、二十八のポストを監視させている。

十八日の正午になって、その四十八時間が過ぎた。

「犯人は、いつ、第二の手紙を書くかわかりませんから、もう少しの間、監視を続けたらどうですか？」

と、亀井は、十津川にいった。

だが、十津川は、予定どおりやめて引き揚げるように、指令を出した。

もし、犯人が、十津川の挑発にのって第二の手紙を送りつけてくるとすれば、あれだけの自己顕示欲の強さから考えて、間をおかずにやるだろうと思ったからである。

「犯人は、十七日の朝、若林冴子というＯＬを刺した。その記事が夕刊に出た。恐らく私や新聞社に第二の手紙を書くのは、その記事を読み、自分の刺した女が死んだかどうかを確認してからだろう」

と、十津川がいった。

「サラリーマンだとすると、職場で書くわけにはいきませんから、十七日に自宅に帰ってからになりますね」

「そして、今日、十八日に、出勤する途中投函したはずだ。前の挑戦状も午前中に投函しているからね」

と、十津川がいった。

「今度も速達にすると思いますか？」

と、亀井がきく。

「犯人は目立ちたがり屋なんだ。それに、昨日の犯行が成功して、犯人は、一刻も早く勝利宣言をしたいだろうからね」

「とすると、明日じゅうには届きますね」

と、亀井はいった。

「届くとすれば、明日じゅうだし、明日じゅうに、届かなければ、永久に来ないと思っていいさ」

と、十津川はいった。

午後になって、新聞記者が、正式に記者会見を要求してきた。

もちろん、昨日の失態についての弁明を聞かせろというのである。

逃げるわけにはいかないので、三上本部長以下、十津川と亀井も加わって、午後三時に記者会見に応じた。

予想されたとおり、さながら警察に対する非難の場になった。

そして、最後も予想したとおり、一週間以内に本当に犯人を逮捕できるのかという質問になった。

「できると考えています」

と、十津川がいうと、記者たちは意地悪く、

「できなかったら、どう責任をとるつもりなんですか？」

「市民の皆さんが、納得できる責任のとり方をします」

「それは、あなたが警察を辞めるということですか？」

「それも一つの方法でしょうが、それだけですむとは考えていませんよ」

と、十津川はいった。

「しかし、十津川警部。一週間といっても、もう三日たってしまっているんですよ。あと四日で、果たして逮捕できるんですか？　どんな男かもわかっていないんじゃありませんか？　もし、わかっているのなら、この際、発表してもらえませんか？」

記者の一人が切り込んできた。

「犯人について、今のところ、わかっていることはほとんどありません」

「それじゃあ、どうして、あと四日で逮捕できるんですか？　まさか、奇跡が起きて、犯人が、のこのこ自首してくるのを待っているんじゃないでしょうね？　前に自首して来た身元不明の男みたいに」

と、記者にいわれて、十津川は苦笑した。

「自首してくれれば、いちばんいいですがね」

「頼りないなあ」

と、記者の中から呟きが洩れた。

ベテラン記者の一人が、急に質問を変えて、

「殺された若林冴子さんのことですがね。葬儀には行かれるんですか？」

と、きいた。

「行きません」

「なぜです？　警部の挑発のせいで殺されたともいえるんですよ」

「理由は二つあります。一つは、犯人を逮捕してから、それを霊前に報告したいからです。もう一つは、今度の事件の性質上、殺された若林冴子さんの周囲をいくら調べても、犯人は見つからないと思うからです」

と、十津川はいった。

「すると、当然、一週間、いや四日以内に、警部は彼女の霊前に、犯人逮捕を報告されるわけですね？」

その記者は、皮肉ないい方をした。

十津川は、短く、「そのつもりです」といった。

そのとき、西本刑事が顔を出して、十津川に目配せした。

「ちょっと、失礼します」

と、十津川は会釈《えしやく》して席を立ち、部屋を出た。

西本は、緊張した顔で、

「犯人から手紙が来ました」

と、いった。

思わず、十津川の顔に、微笑が浮かんだ。

「来たか」

「これです。指紋の検出はすませています」

と、西本が、封書を十津川に渡した。

速達の手紙である。

見覚えのある字だった。

裏を返すと、「千枚通シノ男」の署名がある。間違いないと確認してから、十津川は、もう一度、表に返した。

消印は、東京中央である。

「新聞社にも同じものが来ているのかね？」

と、十津川は、西本にきいた。

「問い合わせたところ、間違いなく届いていました」

「よし」

と、十津川は、思わず大声を出した。

記者会見の場に戻ると、記者たちが非難するように十津川を見た。

彼が、都合が悪くなって逃げたと思ったのかもしれない。

「実は、今、犯人から二通目の挑戦状が届いたんです。新聞社にも来ているそうですよ」

と、十津川がいうと、急に記者たちは腰を浮かした。

6

十津川は、改めて、手紙を三上本部長に見せた。

三上も、ほっとした表情になって、

「やっと来たね」

「あとは、犯人が、これを、どこで投函したかです。われわれが監視していた二十八のポストの一つだといいんですが」

と、十津川はいった。

それは、中央郵便局に調べてもらえばわかるだろう。

三上本部長の了解を得て、十津川は自分宛になっている封書を開いた。

中には、前と同じ便箋《びんせん》が入っていた。やや、右上がりの字にも、見覚えがある。

〈今日私ハ、霞ヶ関駅ノホームデ、一人ノ女ヲ千枚通シデ刺シタ。不幸ニシテ、彼女ハ死亡シタガ、コレハ、傲慢《ごうまん》ナル警察、特ニ、彼ラヲ代表スル十津川警部ヘノ、私ノ回答デアル。一人ノ女モ守レヌ警察ニ、正義トカ、秩序ヲロニスル資格ハナイ。一週間以内ニ、私ヲ逮捕スルナドトイウ広言ハ、笑止ノ極ミデアル。私ハ絶対ニ逮捕サレヌシ、今後モ、社会ニ警告ヲ与エル行為ヲ続ケテイクツモリデアル。今日死ンダ女ノ遺族ハ、何ノ力モナイニモカカワラズ、私ヲ怒ラセタ警察ニ対シテ、抗議スベキナノダ。

十津川警部ヨ。傲慢ナル宣言ノ責任ヲトッテ辞職セヨ。

四月十七日

千枚通シノ男〉

読み終わっても、十津川は別に腹は立たなかった。予想どおりの文章に思えたからである。

「すぐ各新聞社へ行って、封筒だけ借りて来てくれ」

と、十津川は西本に頼んだ。

「こちらの予想どおりですね」

亀井が、犯人の手紙に眼をやりながらいった。

「すべてが予想どおりならいいんだがね」

と、十津川はいった。

三上本部長から電話が入った。

「各新聞社から、犯人の手紙に対する感想を聞いて来ているよ。君の返事が欲しいといっているんだ。犯人は、君に対して勝利宣言をしているからだそうだ」

と、三上はいう。

「ノーコメントと、いっておいてください」

「それじゃあ、敗北を認めるようなものだろう？」

「かまいません。ノーコメントで、押し通してください」

と、十津川はいった。

今は、こちらの仕掛けた罠《わな》が成功したかどうかの検討が、急務だった。

多分、新聞には、「ノーコメントとしかいえぬ警察」とか、「沈黙に終始する捜査本部」といった見出しがのるだろう。

それでもかまわなかった。大事なのは、一刻も早く犯人を逮捕することだった。

西本が、新聞社から封筒を集めて戻って来た。

犯人は、余程、十津川の挑発に腹を立てたのだろうか。今回は五大紙の他に、通信社や各テレビ局にもコピーした手紙を送っていた。

「全部で十通でした」

と、西本は、集めて来た十枚の速達封筒を、十津川の前に置いて、いった。

十津川は、その封筒を、一枚ずつ消印を見ていった。

すべて東京中央である。

「カメさん。行こう」

と、十津川は亀井に声をかけた。

亀井の運転する覆面パトカーで、二人は、中央郵便局に急いだ。

「全部で十一通ですか」

「私宛のも入れてね。量が多いから期待できるよ」

と、十津川はいった。

最初の挑戦状は、全部で六通だった。それでも犯人は、分けて二つのポストに投函している。それを考えれば、今度もその可能性が強いのだ。

十津川たちは、中央郵便局の集配課長に会い、十一通が、どこのポストに投函されたかをきいた。

「すぐ調べてみましょう」

と、課長はいった。

二十分後に、十一通の手紙のうち、五通は東京駅丸ノ内側のポスト、あとの六通は中央郵便局前のポストに投函されていることがわかった。

どちらも、投函されたのは、十八日の午前八時から十一時までの間だという。

十津川は、亀井と顔を見合わせて思わず微笑した。

これで、何とか犯人逮捕の手掛かりをつかめそうだと思ったからである。

あとは、四十八時間、撮り続けたビデオを点検することだった。

7

捜査本部には、二十八のポストで、四十八時間にわたって撮影されたカセットテープが山積みされていた。

いろいろな所からビデオカメラを借りて来たので、二時間撮れるものもあれば、六時間可能なカメラもあった。

おかげで、小さな8ミリテープもあれば、普通のテープもある。

その大部分が無駄だったわけだが、それは気にならない。

問題は、東京駅前のポストと中央郵便局前のポストのものが、はっきり撮れているかだった。

両方で使われたカセットテープは、二時間ものが、それぞれ二十四本である。

一本一本のテープに、撮影した時間が記入されている。

すぐ、三上本部長以下十人による試写会が開かれた。両方のテープを見て、犯人らしき人物を見つけるのである。

まず、東京駅前ポストの分が、テレビに映し出された。

午前八時。すでにラッシュアワーに入っているので、間欠的に通勤客が吐き出されてくる。

その流れの中から、ときどき、一人、二人と横に切れて、問題のポストに近づき、投函する。

サラリーマンもＯＬもいる。前日、自宅で書いた手紙を朝の通勤の途中で投函するのか、その数は意外に多かった。

三時間分のテープを見たあと、続いて今度は中央郵便局前のポストの分に移った。

この両方に映っている人物が容疑者になる。

そのテープがテレビに映し出されて、すぐ、見ていた十人の口から、

「あッ」

「この男！」

という声が起きた。

すぐ、テープが止められた。

もう一台のテレビが持ち出され、そちらには、東京駅前のテープが、もう一度、映された。

四十歳くらいの男が両方に映っている。

「同じ男ですよ」

と、亀井が興奮した口調でいった。

テープが回った時間から考えて、東京駅前のポストに、この男が投函したのは、午前八時六分。中央郵便局前のポストは、八時十分と考えられる。

二つのポストの間隔は百メートル前後だから、男は、まず八時六分に東京駅前のポストに投函し、ゆっくり歩いて、四分後に中央郵便局前のポストに投函したのだ。

十津川たちは、静止した画面に映っている男を注視した。

身長一六五、六センチ、痩せているほうだろう。グレーの背広を着て紙袋を持っている。その中から封筒を取り出して投函した。

髪の毛はうすくなっている。

「少しくたびれたサラリーマンといったところだね」

と、三上本部長がいった。

「前の挑戦状も、同じポストで出していますから、丸ノ内側の官庁、会社に勤めるサラリーマンだと思います」

亀井が、いった。

「しかし、たくさんあるからね」

と、三上がいう。

「あの紙袋は、多分、会社のものですよ。何か、字が印刷されています」

若い日下刑事が大きな声でいった。

「あの部分だけ引き伸ばせるかね？」

三上本部長が聞き、亀井が電話で問い合わせた。

科研で聞くと、少しぼけるが引き伸ばせるだろうという。

十津川は、すぐ、その作業をしてもらうことにした。

二時間後に、何枚かの引き伸ばした写真が、できあがってきた。

男が抱えていた紙袋を拡大した写真である。

字がぼけてしまって読み取ることは不可能だったが、その代わりマークはわかった。

円の中に、何か字が書いてある。その円の三分の二近くが、男の手によって隠れてしまっているので、円はわかるが、中の字が、二か、上かがわからなかった。

それでも十津川は満足した。

丸ノ内にある会社で、このマークを使っているものを見つけ出せばいいからである。

十津川は、会社便覧を持ってきて調べてみた。官庁には、なかったからである。

丸ノ内で二つの会社が見つかった。

円の中に、「二」を入れた「二の丸商事」と、円の中に「上」を入れた「丸上興業」

である。

二の丸商事のほうは中堅の貿易会社、丸上興業は娯楽関係のチェーン店を経営していた。

十津川は、この二つの会社から、ひそかに社用の紙袋を貰って来て、それを写真と比べてみた。

どうやら、「丸上興業」の使っている社用の紙袋のようである。

捜査本部は緊張した。

容疑者が見つかったのだ。

第四章　容疑者

1

ひそかに捜査を進める必要があった。相手に気付かれて逃亡されたのでは大変だからである。

犯人は、十津川を目の敵《かたき》にしているところをみれば、彼の顔を知っているかもしれない。その可能性は強かった。

それに、「丸上興業」で写真の男を見つけても、直ちに逮捕はできない。ただ単に、十八日の午前八時過ぎに手紙を出したというだけでは、犯人の証拠にはならなかったからである。

「私が行って来ます」

と、亀井がいった。

「しかし、捜査一課の刑事が来たとなると、たちまち会社内の噂になってしまうよ」

と、三上が心配していった。

「通産省の人間ということで行って来ます」

と、亀井はいった。

三上本部長が通産省に電話を入れ、亀井が行くことの了解を求めておいて、実行に移すことにした。

亀井は、一人で、丸ノ内のビルの一つに本社のある「丸上興業」に、出かけて行った。

受付で、人事部の責任者に会いたい旨をいい、細木《ほそき》という人事課長に会わせてもらった。

「私どものところは、通産省のご指示は、きちんと守って仕事をしているつもりですが」

と、細木は、身構えるような顔で亀井を見た。

「それは、わかっています。今日は、この人が、おたくの社員かどうか伺いに来たんですよ」

亀井は、写真にした何枚かを細木の前においた。

細木は、急に、眉をひそめて、

「堀田《ほった》君が、また何かやりましたか」

と、いった。

「堀田さんといわれるんですか？」

「そうです。堀田雄次《ゆうじ》という名前で、間違いなく、うちの社員です」

「今、またといわれましたが、何か問題を起こしたことがあるわけですか？」

と、亀井は、まっすぐ相手を見つめてきいた。

細木は、なぜか小さな溜息をついてから、

「ちょっと癖のある社員でしてね。仕事は一応過不足なくやるんですが、私生活に問題がありましてね」

「どんな問題ですか？」

「堀田君の性格だと思うんですが、この前も、こんなことがありました。二日間、突然、休みましてね。無断欠勤です。どうしたのかと思ったら、自宅近くの食堂の経営者が、やたらに堀田君の家の前に車を停める。それが頭に来て、二日間休んで区役所に陳情に行ったり、食堂の経営者とやり合っていたりしたというんです。新聞にも投書したといっていましたよ」

と、細木はいう。

「それは、いつごろのことですか？」

「去年の十一月です」

「堀田さんは、ここで、どんな仕事をしているんですか？」

と、亀井はきいた。

「うちでは営業をやっています」

「何か、役についていますか？」

「主任ですが部下はいません」

「仕事はちゃんとやると、いわれましたね？」

「ええ。飛び抜けた成績はあげていませんが、平均的な成績はあげています。本当に、彼が何かやったんですか？」

「いや、ちょっとした問題なんです。それで、堀田さんには内密にお願いしたいのです。まだ、はっきりしないので慎重にしたいのです」

「わかりましたが――」

「今、何歳ですか？」

「四十にはなっていたと思いますが――」

と、細木はいい、キャビネットから履歴書を取り出して見せてくれた。

「今年の六月で四十歳だから、現在は三十九歳なんだな」

と、細木は呟いている。

「この住所は、今も同じですか？」

と、亀井はきいた。

「同じはずですよ。亡くなった父親からゆずられた土地に、最近、新しい家を建てたといっていましたから」

「当然、家族はおられるんでしょうね？」

「奥さんはいるが、子供はいないと思いましたね。当人に確かめましょうか？」

と、細木がいう。亀井はあわてて、

「本人には内密でお願いしたいんです」

「ああ、そうでしたね」

と、細木が頭をかいた。

「さっきの話では、堀田さんというのは、いろいろと問題を起こす人のようですね？」

「そうなんです。私なんかから見ると、つまらなく見えることに固執しますね」

「堀田さんと話をしたことはあるんですか？」

「私も、だいたい同年輩ですのでね。何回か一緒に飲んだことがあります」

「そのとき、どんなことが話題になったか、覚えていますか？」

と、亀井はきいた。

細木は、「そうですねえ」と考えていたが、

「いろいろな話をしましたね。私も、いつの間にか中年になってしまったので、今の若い者はといった話もしましたよ」

「女の話は、どうですか？」

と、亀井がきくと、細木は笑って、

「そりゃあ男ですからね」

「そのときの堀田さんの反応はどうでした？」

「彼は、今もいったように、ちょっと変わったところがありますのでね。ひどく悪口をいっていましたね。多分、若い女とケンカでもしたか、バカにされたことがあったのかもしれません」

と、細木はいった。

それが嵩《こう》じて、千枚通しで若いＯＬを刺すようになったのだろうか？

そんな推理を働かせながら、亀井は、

「堀田さんの書いたものが、何かありませんか？　この履歴書はワープロですので」

と、いった。

「やはり、彼が何か法律に触れるようなことをやったんですね？」

細木はそればかり心配している。

亀井は、仕方がないので、

「実は、堀田さんが、通産省宛に手紙をくれましてね。通産政策について意見を頂戴したわけです」

「そんな余計なことをしましたか」

細木は溜息をついた。

「いや、われわれとしても、大いに民間の意見は聞きたいと思っているのです。それで、本当に、ここの堀田さんが出されたのかどうか知りたいと思いましてね」

「それなら、ここへ本人を呼びましょう。本人に聞けば簡単にわかりますよ」

「それが、内密にと、とくに書いてありましたのでね。そのつもりで、ご本人にも、私が来たことは内緒にしていただきたいのですよ」

と、亀井はあわてていった。

「そうですか。本当は気を悪くなさっているんじゃないでしょうね？」

と、細木は念を押してから、もう一度キャビネットを探してくれた。

出してくれたのは、営業の人間が毎月提出している報告書だった。

綴《と》じられたものの中から、堀田の署名のものを抜いて、

「これですが」

と、亀井に渡した。

亀井は、それを見て、一瞬、あまり筆跡は似ていないなと思った。

もちろん、挑戦状のほうは筆跡を誤魔化《ごまか》すために作ってあるかもしれない。

「どうですか？」

と、細木がきく。

「持ち帰って比べてみたいんですが、かまいませんか？」

「どうぞ。堀田君には、注意せんでよろしいですか？」

と、細木は、またきく。

「民意は大切ですから、何もいわないでおいてください」

と、亀井はいった。

2

亀井の持ち帰った堀田雄次の「営業報告」の筆跡と、挑戦状のものが慎重に比較された。

一見、別人の筆跡に見える。

だが、挑戦状は明らかに作られた文字である。

わざと右上がりに書き、定規は使ってないようだが角張った字になっている。片仮名にしたのも、恐らく、平仮名だと筆跡がわかりやすいからだろう。

「筆跡からは何ともいえないね」

と、十津川はいった。

「営業の上司に聞いたんですが、手紙の投函を、堀田に頼んだことはないといっていますから、明らかに十八日の朝のものは私的な手紙です」

「あとは指紋か」

と、三上本部長がいう。

「指紋は駄目です。ビデオの画面を見てわかりますが、彼は手紙の束を、人差し指と親指でつまむようにして投函していますが、その二つの指先には、絆創膏《ばんそうこう》が巻いてありました」

と、十津川がいった。

「ああ、思い出したよ。なおさら怪しいじゃないか。指紋かくしに決まっている」

と、三上はいった。

「細木という人事課長の話でも、堀田は、ちょっとひねくれた男のようですから、容疑者の資格は十分にありますね」

と、亀井はいった。

「聞き込みをやってみましょう」

と、十津川はいった。

西本と日下の二人が、すぐ飛び出して行った。

十津川は、改めて、堀田雄次という男の写真を眺めた。

三十九歳だというが、四十五、六歳に見える。

一応、主任という肩書はあるが部下はいないという。

サラリーマンとしては出世したとはいえないだろう。

亀井の話では、社会に対して不満を持っているらしい。それに偏執狂的なところもあるようである。

何よりも、十八日の朝、何通もの手紙を出している。しかも、二回目の挑戦状を投函したとみられるポストでである。

「犯人と断定していいんじゃないかね？」

と、三上本部長が、せっつくように十津川を見た。

「しかし証拠がありません」

「状況証拠はあるじゃないか」

「もう少し、この男のことを調べてみましょう」

と、十津川はいった。

夕方には、西本たちが帰って来た。

「家は三十坪ほどの立派なものです」

と、西本はいってから、

「近所の評判は、あまりよくありませんね。無愛想だし、何かあると、すぐ文句をいってくるので、怖がっている人もいました」

「奥さんとの仲は、どうなんだ？」

「それなんですが、奥さんは、今、千葉の実家に帰ってしまっているようです」

と、日下がいった。

「理由は何だ？」

と、亀井がきいた。

「はっきりしませんが、どうも堀田の冷たさに、奥さんが怒ったといったところみたいです」

「堀田のことを、もう少し具体的に聞きたいね」

と、十津川がいった。

「とにかく、何かあると、すぐ怒鳴り込んできて、訴えるというそうです。近所の子供が、堀田の家の塀に、落書きしたときも、大変な見幕だったそうで二万円の弁償をさせられたといっていました」

と、西本がいう。

「千枚通しやナイフなんかで、人を傷つけるようなことは、どうなんだろう？」

「そこまでは、近所ではしていません。が、子供が、いきなり堀田に殴られたことがあったようです」

「殴られた？」

「ええ。堀田は軽自動車を持っているんですが、小学生が、その車に傷つけたといって、いきなり殴ったというんです」

「状況証拠は、どんどん揃ってくるじゃないか」

と、三上本部長がいった。

「堀田に会って、十八日の朝、どこへ手紙を出したか聞いてみたら、どうでしょう？」

亀井も、いった。

一週間という期限も迫っている。

「そうしようか」

と、十津川も肯いた。

その夜、十津川と亀井は阿佐谷南にある堀田の家を訪ねた。

地下鉄丸ノ内線の駅から、歩いて十分ほどのところだった。

二階建ての家で簡易ガレージが横にあり、白い軽自動車が入れてあった。

十津川と亀井がベルを鳴らし、顔をのぞかせた相手に警察手帳を見せると、明らかに、怯えたような表情を作った。

それでも一階の居間に通してから、

「私は何も悪いことはしていませんよ」

と、切り口上でいった。

「わかっています」

十津川は、努めておだやかにいった。

「それなら、何の用で来たんですか？」

「実は今、問題になっている地下鉄事件を捜査しているのです」

十津川は、相手の顔色を見ながらいった。

堀田は眉をひそめて、

「私は関係ない」

「十八日の朝、東京駅前で手紙を投函されましたね？」

十津川がきくと、堀田は顔色を変えて、

「私は知らん！」

と、大声を出した。

（犯人かな？）

と、十津川は思いながら、

「しかし、目撃者がいましてね。しかも、あなたは、なぜか二つのポストに分けて投函している。何通もの手紙をです」

と、いった。

堀田は眼を吊りあげて、

「手紙を出してはいけないのかね！」

「そんなことはありません。どこへ出したのか教えていただけませんか？」

「なぜ、そんなことを警察にいわなければならないんだ？　信書の秘密というものがあるだろう？　違うのかね？」

「もちろん、ありますよ。しかし、こんなものが警察に届きましてね。いや、警察だけでなく、マスコミ各社にもです」

十津川は、例の手紙を堀田の前に置いた。

「何ですか？　これは」

堀田は手に取らず、じろりと十津川を見た。

「もう新聞などでご存じだと思うんですが、例の地下鉄事件の犯人の挑戦状ですよ」

「それなら新聞で見ましたよ」

「郵便局で調べたところ、この手紙は十八日の朝、東京駅丸ノ内のポストと、中央郵便局前のポストで投函されたことがわかったんですよ。それで、どうしても、あなたに疑惑がいってしまうんです。もし関係ないというのなら、十八日の朝、どこへ手紙を出したのか教えていただけませんか」

十津川は、あくまで丁寧にいった。

容疑は濃い。が、まだ犯人だという確証はなかったからである。

堀田は眉を寄せた。

「私が、どこへ手紙を出そうと勝手でしょう?」

「確かに、そうですが、何でもないのなら、どこへ出したのか、いえるはずだと思いますがねえ」

と、亀井がいった。

「そんなこと話す必要は認めないね」

「右手の絆創膏は、どうされたんですか?」

と、十津川が、いきなりきいた。

堀田は、あわてて右手をテーブルの下に隠した。

「何のことです?」

「絆創膏ですよ。今、していらっしゃいませんね。しかし、十八日の朝、手紙を投函するときは絆創膏をしていたはずですよ」

「あれは、ちょっと指にマメができていたんです。今は、それが治ったから剝《は》がしただけのことです」

と、堀田はいう。

「右手の人差し指と親指にですか？」

「そうです。絆創膏を巻いちゃいけないという法律でもあるんですか？」

と、堀田は、また食ってかかった。

「マメがつぶれたのなら、その痕《あと》があるはずですねえ。それを見せてくれませんか？」

亀井が、身体をのり出すようにして、堀田にいった。

「見せる必要はない」

「そうなると、あなたが、嘘をついたんだと思いますよ」

「勝手に思えばいいさ」

「なぜ、一カ所で投函せずに二つのポストに分けて、投函したんですか？」

と、十津川がきいた。

「私の勝手じゃないか。そんなことまで、警察に、あれこれいわれなきゃならないんですか？」

堀田は、顔を朱《あか》くして十津川を睨んだ。

「もちろん、どんな方法を使って手紙を出そうと、あなたの自由です。しかし、例の地下鉄事件が関係して来ているんですよ。もし、あの事件に関係がないといわれるのなら、どこへ手紙を出したのか、それを話してくれませんかね。一通だけでもいいんです。その宛先が確認されるだけで、いいんですがね」

十津川は、気持ちをおさえ冷静にいった。

が、堀田は、ますます険しい表情になって、

「私は、地下鉄のあの事件とは、無関係だ。だから、手紙のことで、あなた方に何も話す必要はないと思っていますよ。これ以上、脅迫的な言辞を弄《ろう》するのなら、脅迫罪で告訴しますよ」

と、いった。

3

十津川と亀井は、ひとまず引き揚げることにした。

車に戻ると、亀井が、

「奴は、犯人ですよ。私は、しっかり見ていましたが、右手の人差し指と親指にはマメの痕なんかありませんでしたよ。あれは嘘です。投函するとき、封筒に指紋がつくのを恐れて、絆創膏を巻いていたに決まっています」

と、十津川にいった。

「私も、マメができたというのは嘘だと思うよ」

「逮捕して、あの家を探せば、千枚通しが、二、三本は見つかるんじゃないですか」

と、亀井がいった。

「状況証拠だけでは逮捕状は出んだろう」

「別件で逮捕してというわけにはいきませんかね」

「カメさんは、別件逮捕は嫌いじゃなかったのかい？」

と、十津川は苦笑した。

「そうですが、今度だけは別です。一刻も早く逮捕しないと、また新しい犠牲者が出かねません」

「たとえ別件で逮捕しても、あの男は、地下鉄事件の犯人であることは認めないと思うよ。そうなると証拠が必要だが、果たして見つかるかどうかね。千枚通しが何本見つかっても、それが、犯人であることの証拠にはならんからね」

と、十津川はいった。

「しかし、あの男以外に、犯人は考えられませんがねえ」

「同感だがね」

十津川は、難しい顔で考え込んだ。

確かに、今日、堀田に会って、疑惑は深くなった。

もし、無実なら、なぜ、手紙の出した先を隠すのか？　なぜ、投函のとき、指紋がつかぬように指に絆創膏を巻いたのか？　なぜ、二つのポストに分けて投函したのか？

疑わしいことだらけなのだ。

二人は、捜査本部に帰り、三上本部長に報告した。

「そりゃあ完全にクロだな」

と、三上は即座にいった。

「状況証拠はそうなんですが」

と、十津川もいった。

「十津川君の仕掛けた罠に、犯人が見事にはまったわけだよ。逮捕令状は取れると思うがね」

三上本部長は、楽観的ないい方をした。

「令状が貰《もら》えるといいんですが――」

「君は、何を怖がっているんだ？」

三上は、不審気に十津川を見た。

「別に怖がってはいません」

「それなら、迷うことはないだろう？　違うかね？　君が考えた罠なんだよ」

と、いつも消極的な三上本部長には珍しく、十津川の肩を叩いて励ました。

「私は、すぐ令状をとるよ」

と、三上はいった。

三上本部長が、勢い込んで部屋を出て行ったあとも、十津川は落ち着けずに考え込んでいた。

亀井が、そんな十津川に、

「大丈夫です。あの堀田雄次は犯人ですよ」

「九十パーセントの確信はあるんだがね。あとの十パーセントが不安なんだよ」

と、十津川はいった。

「その十パーセントは、あの男が犯人ではないということなんですか？」

「そうだ」

「わかりませんねえ。これだけ状況証拠が揃っているのに。それに、本部長もいったように、これは警部の考えられたことで、それにぴったり合致したのが、あの男ですよ」

「まるで、絵に描いたようにね」

「いけませんか？　あの男が犯人だからこそ、ぴったり一致したんです」

「自分が考えたことだけに怖いんだよ。知らず知らずの間に、すべて、うまくいったと甘く考えてしまっているんじゃないかとね」

「そんなことはありませんよ。私は冷静に見ていますが、あの男は犯人です。逮捕して、彼の家を調べ、聞き込みをやれば、犯人である動かぬ証拠が見つかりますよ」

と、亀井はいった。

4

しかし、事態は意外な方向に動いていった。

堀田雄次の逮捕令状がおりるより先に、当の堀田が、十津川と亀井を告訴したのである。

身分を隠して堀田のプライバシーを探り、あまつさえ殺人犯扱いしたというのである。

「丸上興業」の細木人事課長が、あれほど内密といっておいたのに堀田に喋《しやべ》ってしまったのだ。

堀田は弁護士と地検に行き、十津川と亀井を職権乱用で訴えたのである。

それだけではなかった。

告訴した直後に記者会見を開き、集まった記者たちに、十津川と亀井の横暴さを訴えたのである。

地下鉄事件で、犯人が二通の挑戦状を書き、また、十津川が一週間以内の犯人逮捕を約束したとして、十津川の名前は一躍有名になっていた。

その十津川を亀井刑事と一緒に告訴したというので、マスコミが飛びついたのである。

堀田も、それが狙いだったのだろう。

彼は、記者たちを前に熱弁をふるった。

「私は、平凡な一市民に過ぎません。三十九歳。妻がいます。サラリーマンで営業の仕事をしています。仕事ぶりも、そこそこだと思っています。もちろん、過去に警察の厄介になったこともありません。ところが、ある日突然、刑事の一人、亀井という刑事ですが、私の会社を訪ねて来て、私のことを調べ始めたのです。それも、通産省の人間だと嘘をつき人事課長に会うと、私の品行や家庭のことを、根掘り葉掘り聞いて廻ったのです。本人の私には何のあいさつもなくです。それどころか、人事課長には、内緒にしてくれといったというのです。こんなことが許されると思いますか？　続いて、もっとひどいことが起きました。今度は、十津川という警部と二人で、私の自宅に何のアポイントメントもとらず、突然、押しかけて来て、私を例の地下鉄事件の犯人に違いないと決めつけたのですよ。何の証拠もないのにです。それをいうと、二人の刑事が何といったと思います？　私が、朝、会社へ行く途中で手紙をポストに投函したのが犯人の証拠だというのです。こんなバカげたことがありますか？　そのうえ、手紙をどこへ出したのか、何を書いたのかと詰問するんです。私は呆れました。これは、信書の秘密に対する明らかな挑戦ですよ。憲法違反ですよ。まあ、例の事件の犯人が捕えられずに警察が焦っているのはわかりますが、これは職権乱用であり、人権侵害です。これを、見過ごしたら、皆さんのところへ突然、刑事がやって来て、昨日、手紙を出したろう、だから、お前は殺人犯人に違いないと決めつけられてしまうことになるんです。だから、私は今日、二人の刑事を告訴したんです」

この談話は、すぐ、テレビが取りあげ、新聞が書き立てた。

三上本部長が、青い顔で、十津川たちのところへやって来た。

「まずいことになったよ」

と、三上はいう。

「堀田の逮捕令状は、どうなったんですか？」

十津川がきくと、三上は、

「それなんだよ。令状は間違いなく貰えると思っていたのに、あの告訴だ。裁判所では、あの告訴が出ても、公判で勝つ自信があるのかということで、おかしくなってしまったんだよ」

と、いった。

「では令状は駄目ですか？」

「それより、あの告訴の内容は本当なのかと、きかれたよ」

「それで、何と答えられたんですか？」

「堀田という男は嘘つきだといいたかったよ。だが、亀井刑事が、通産省の人間だと嘘をついて堀田のことを調べたのは事実だし、君たちが彼を犯人扱いしたのも事実なんだろう？」

「堀田が、犯人に違いないからです」

「証拠はない。違うかね？」

「しかし――」

（本部長も、犯人に違いないといわれたはずですよ）

と、いいかけて、十津川は、その言葉を呑み込んでしまった。

こんなとき、本部長は、やたらと臆病になってしまうのを、よく知っていたからである。

「それでどうなるんですか？」

と、十津川は、言葉を変えて三上にきいた。

「どうなるかわからないから心配しているんだ。このままでは、われわれはマスコミの袋叩きにあうよ。それだけはわかっている」

と、三上は青い顔でいった。

「堀田が犯人である証拠を見つけ出せば、いいわけでしょう？」

十津川が、いった。

「そりゃあ、そうだが、状況証拠だけでは、太刀打ちできんよ」

「大丈夫です。必ず、犯人である確証をつかんでみせます」

と、十津川は、宣言する調子でいった。

5

新聞が、堀田の告訴を大きく取りあげただけではなかった。

テレビ局は、堀田をゲストとして呼び、警察に対する非難を声高に喋らせた。また、誤認逮捕の被害者たちを集めて、今度の堀田事件をどう思うかと喋らせた局もある。

テレビ局からは、一方の当事者として十津川と亀井にも出てくれといって来た。が、断わった。向こうの意図が見えすいていたからである。恐らく、「丸上興業」の細木人事課長を呼んでおいて亀井を指差し、

「通産省の人間だと嘘をついたのは、この人ですよ！」

と、叫ばせようというのだろう。演出としては面白いし、その一声で警察のイメージダウンになるからだ。

一般の市民にとって、権力や権威をぶち壊すことぐらい痛快なことはないし、テレビ局の人間はそれをよく知っているのだ。

その番組で、わざと二つの空席を司会者が指で示し、

「公平な議論をと思いまして、問題の二人の刑事さんをお呼びしたのですが、いろいろと理由をつけて断わってきました。何かと都合が悪いんだと思いますね」

　と、皮肉をいった。

　警察の糾弾大会の感じであった。

　若い西本たちは、切歯して堀田を逮捕しようと息巻いた。

　十津川は眉をひそめて、

「逮捕してどうするんだ？　拷問でもするのかね？　第一、この状況で逮捕したら、警察の報復だと思われるよ」

　と、いった。

「しかし、このままでいったら、どこまで警察バッシングが広がるかわかりませんよ。堀田はますます図にのって来て、連続殺人の犯人が英雄になってしまいます」

　と、日下が口惜しそうにいった。

「私も心配です。警部が約束された日限まで、あと、三日しかありませんから」

　亀井も、いった。

「それは、私が責任をとればいいことだからね」

「今日も、堀田は、午後のテレビに出演しますよ」

　日下が、朝刊のテレビ欄を見て、吐き捨てるようにいった。

「今、あの男は、各テレビで引っ張りダコだそうですよ」

と、亀井は苦笑した。

「今、われわれにできるのは、地道に堀田雄次の周辺を調べることだよ」

十津川は、全員にいい聞かせた。

堀田が犯人なら何か出てくるはずなのだ。

「ただし、あの男に直接ぶつかるのは駄目だ。すぐ、弁護士を呼ぶだろうし、今は、いたずらに、相手に有利な武器を与えてしまうようなものだからね」

と、十津川は付け加えた。

堀田の子供のときのことや、独身時代のことも調べることにした。

妻と別居ということで、彼女の周辺の人間にも当たってみた。

地道に、ひそかにといっても、刑事たちが動けば神経質になっている堀田が気がつくし、西本たちが聞き込みに廻った人間の中には、わざわざ刑事が来たと新聞社に電話する者もいた。

堀田についている関口《せきぐち》という弁護士が、その日の午後五時に早速、捜査本部にやって来て、十津川に抗議した。

関口は四十前後の若い弁護士で、それだけに使命感に燃えているようなところがあった。

彼は手帳を広げ、そこに書かれた何人かの名前を十津川にいった。いずれも、今日、西本たちが聞き込みに廻った相手だった。

「この人たちに、堀田さんのことを聞いて廻りましたね？」

と、関口は強い口調でいった。

十津川は肯いた。

「確かに話を聞きにやりました。指示したのは私です」

「なぜ、そんなことをするんですか？」

と、関口がきく。

（まるで、こっちが訊問されているみたいだな）

と、十津川は、苦笑しながら、

「われわれは、堀田さんが、例の地下鉄事件の容疑者と思っています。だから調べています」

「証拠はないんでしょう？」

「状況証拠はありますよ」

「それが、例の手紙を出したというだけなんでしょう？」

「他にもね。もし、無実なら、なぜ、十八日の朝に投函した手紙の宛先を教えてくれないんでしょうかね？　それが確認されれば、簡単にシロクロがわかるんですよ」

「しかし、一市民が、どこに手紙を出そうと勝手じゃありませんかね。それに公表したくない手紙を書く場合だってありますよ」

「それなら、われわれの疑惑も消えないから、堀田さんについて調べるより仕方がなくなるわけですよ」

と、十津川はいった。

「つまり嫌がらせというわけですか？」

「嫌がらせ？」

「そうですよ。堀田さんが、今、警察批判をしているので、それに圧力をかけようとしていることは、誰の眼にも明らかじゃありませんか。警察がよくやる手だ。別居中の奥さんの家族にも会ったそうじゃないですか？　これなんか明らかに嫌がらせだ。すぐ、やめてください。やめないと、このことも、われわれは公表しますよ」

と、関口はいった。

「やめたいんですがねえ。警察は、犯人を逮捕して、市民を安心させなければならないんです。一刻も早く事件を解決しないと、若い女性が、安心して地下鉄に乗れないんだ。そのためなら、非難されてもわれわれは捜査を続ける必要があるんですよ」

「間違った捜査は有害無益でしょうが」

と、関口はいった。

「堀田さんがシロだという確証があるのなら、すぐ中止しますよ。今もいったように、そのためには十八日の朝に、何通も、どこへ手紙を出したのか、それを教えてくれればいいんです。簡単なことじゃありませんか。われわれとしては、なぜ、そんな簡単なことに答えてくれないのか、疑問に思いますね」

十津川は、そういった。

「とにかく、嫌がらせだけはやめてほしい。それだけをいいに来たんです。もし、堀田さんが、ノイローゼになって自殺したら、それは警察の責任ですよ」

と、いって、関口は帰って行った。

彼は、同じことを三上本部長にもいったらしく、三上は、心配して十津川のところに来て、

「大丈夫かね？」

と、きいた。

「堀田が、ノイローゼから自殺するのではないかということですか？」

「そうだよ。そんなことになったら、今以上に、警察に対する非難は集中するだろうし、犯人かどうかの捜査もできなくなるんじゃないかね」

と、三上はいう。

十津川は、笑って、

「あの男は、そんなヤワじゃありませんよ」

と、いった。テレビに出ている堀田は、むしろ楽しんでいるように見えるのだ。誰にも注目されず、そのことに、いらついていた男が、急に脚光を浴びて欣喜《きんき》しているように、十津川には見える。

そんな男が自殺するはずがない。

6

二十一日の夜、十一時過ぎに、捜査本部に電話が入った。

十津川にである。彼が受話器を取ると、その日の夕方、押しかけて来た弁護士の関口からだった。

妙に沈んだ声で、

「なぜ、あなたに電話したか、わかりますか？」

と、きいた。

一瞬、十津川の頭に、ある思いが走り、彼の背筋を冷たいものが走りぬけた。

「彼が自殺——まさか」

と、呟いた。

「堀田さんが自殺したんですよ。すぐ来てください。あなたの責任だ」

「自宅ですか？」

「そうです」

と、いって、関口は電話を切ってしまった。

十津川は、じっとこちらを見ている亀井を見て、

「行ってみよう」

と、短くいった。

二人はパトカーを飛ばした。サイレンを鳴らし、深夜の街を突っ走る車の姿は、十津川たちのいらだちと狼狽を象徴しているように、見える。

「本当に自殺なんですかね？」

と、運転しながら亀井が首をかしげた。

「関口弁護士は、そういっていたよ」

「しかし、警部は、堀田は自殺するようなヤワな人間じゃないといわれたし、私も、そう思っているんです。あいつが自殺なんて信じられませんよ」

「私も信じられないんだがね。弁護士の声は、ふるえていたよ」

と、十津川はいった。

二人が着いたとき、堀田の家の前には、すでに初動捜査班のパトカーが来ていた。

初動捜査班の田口《たぐち》警部が、家から出て来て十津川を見ると、

「仏さんは青酸死のようだ」

と、小声でいった。

十津川と亀井は、彼に案内されて家の中に入った。

居間に、関口弁護士が突っ立っていた。十津川は、軽く会釈をして二階へあがった。

二階の奥が和室六畳で、書斎に使っていたらしく、机や本棚が置かれている。

その机に、うつ伏せになる恰好で、堀田は死んでいた。

机の上にはビールの大びんがあり、それを注いだと思われるコップが畳の上に転がっている。

「これが、机の上にあったんだ」

と、田口が、便箋を十津川に見せた。

ボールペンで一行だけ、次のように書いてあった。


〈私は疲れた。私――〉


「書きかけて死んだのか？」

「多分ね。発見者は階下《した》にいた弁護士さんだ」

と、田口がいう。

ボールペンも机の上にあった。
五、六分して鑑識も駆けつけて、室内の撮影が始まった。
十津川は階下へおりて行った。

関口が近づいて来て、青白い顔で、

「十津川さんの感想を聞きたいですね」

「残念ですよ」

と、十津川はいった。

「それだけですか？」

「今はね。あなたは、いつ、ここへ来たんですか？」

「十時過ぎに来てくれといわれたので、来てみたんですよ。そしたら、二階で堀田さんが服毒自殺していたんです。あなたに注意したはずですよ。嫌がらせを続けると、堀田さんは自殺するかもしれないと」

「何の用で、あなたを呼んだんですかね？」

と、十津川は、かまわずに関口にきいた。

「警察の嫌がらせについて、もう一度、私に相談したかったんでしょうね。だが、そのうちに発作的に自殺してしまったんだと思う。それが、あの遺書に出ていると思いますよ」

と、関口はいう。

「私には遺書には見えませんがね」

「それは、十津川さんが、そう思いたくないからでしょう。彼は、恐らく警察に対する恨みつらみを書きたかったんだと思いますよ。だが、書き出したとたんに、すべてが空しくなってしまったんです。それで、自ら死を選んでしまったんですよ。私には、あの極端に短い言葉の中に、堀田さんの恨みの溜息を感じますがね」

「青酸死だと思うんですが、堀田さんは、いつも青酸を持っていたんですか？」

と、十津川はきいた。

「それは知りませんよ。だが自殺に間違いありません」

「なぜです？」

「階下にも二階にも、全く争った跡がないでしょう。殺人じゃない。だから自殺ですよ」

「玄関に錠はおりていましたか？」

と、亀井がきいた。

「ちゃんと錠はかかっていましたよ。堀田さんは用心深い人でしたからね」

「じゃあ、どうやって中に入ったんです？」

「何度ベルを押しても返事がないので、心配になり、勝手口のガラスを叩き割って中に入ったんですよ。まさか、私を不法侵入で逮捕するんじゃないでしょうね」

関口は、皮肉な眼で十津川を見た。

十津川は、ニコリともしないで、

「他に触っていませんね？」

と、きいた。

「まさか、堀田さんが、誰かに殺されたと考えているんじゃないでしょうね？」

関口は険しい顔できいた。

「あらゆる可能性を考えているだけですよ」

「これは、自殺ですよ。妙な方向へ、責任転嫁をしないでほしいですね」

「そんな気は、全くありませんよ」

と、十津川はいった。

十津川と亀井は、もう一度、二階へあがって行った。

死体は、解剖のために部屋から運び出され、ビールびんやコップは科研へ運ばれることになった。

十津川と亀井は、初動捜査班から事件を引き継いで、改めて六畳の部屋を見廻した。

西本や日下刑事たちもやって来た。

「地下鉄事件の証拠になるようなものがないか、探してくれ」

と、十津川は西本たちにもいい、自分も狭い部屋の中を調べた。

机の引出しから、白い封筒の束や、六十円と百円の切手のシート、それに「速達」のゴム印と赤いスタンプが見つかった。

西本が眼を輝かせて、

「このゴム印は、例の手紙に押してあったものと同じですよ」

と、いった。

しかし、十津川は冷静に、

「市販のものを買ったんだろうから、同じだからといって、犯人だという証拠にはならんよ。封筒や便箋も同じだ」

と、いった。

しかし、次に、本棚についている引出しから、真新しい二本の千枚通しが出て来たときは、十津川も軽い興奮を覚えた。

もちろん千枚通しを持っているからといって、犯人の決め手にはならないが、犯人の可能性は強くなって来たからである。

しかも、使ってない千枚通しが、紙に包まれたまま引出しに放り込まれていたのである。

十津川は、それを階下にいる関口に見せた。

「堀田さんは、よく千枚通しを使っていましたか？　何か書類を綴《と》じるようなときに」

と、十津川がきくと、関口は、じっと十津川を見返して、

「まさか、あなたが引出しに入れたんじゃないでしょうね？」

と、いった。

思わず、十津川の表情が険しくなった。

「そんなことをするくらいなら、わざわざ、あなたに見せたりはしませんよ」

「私は、堀田さんが、そんなものを使っているのを見たことはありませんね」

「じゃあ、なぜ、二本も新しいものを持っていたんでしょうね？」

「わかりませんよ。しかし、それが例の事件の犯人だという証拠にはならんでしょう？」

と、関口はいった。

「あなたは、今でも、堀田さんは無実と思っているんですね？」

「もちろんです」

「それなら、十八日の朝、堀田さんが、どこへ手紙を出したのか、いってください。彼は、もう亡くなっているんだから、もう隠すことはないでしょう？」

「いえません」

「なぜです？」

「実は私も知らないんです。堀田さんはそのことは何もいわずに死んでしまいましたからね」

と、関口はいった。

「嘘をいっているんじゃないでしょうね？」

十津川は、大事なことなので念を押した。

関口は、きッとした顔になって、

「今さら嘘をついて、何になるんです？　堀田さんが、亡くなっているんですよ」

「あなたに見てもらいたいものがあるので、一緒に捜査本部に来ていただけませんか」

と、十津川はいった。

「行かなければいけませんか？」

「ぜひ来ていただきたいんです」

「いいでしょう」

と、関口は肯いた。

7

十津川が、見せたかったのは例のビデオだった。

捜査本部に着くと、十津川は正直に犯人に対して仕掛けた罠のことを関口に話した。

「これは内密なことなので、他言はしないでいただきたいのです」

「それを、なぜ私に話したんですか？」

「事件の解決に、どうしても、あなたの協力が必要だからですよ。それに、われわれが、なぜ、堀田雄次をクロと考えたか知ってもらいたかったからです」

「私は、まだ堀田さんが犯人とは考えていませんよ」

「当然です。われわれのやったことを全部知ってから判断してください。私は、犯人を挑発するために、一週間以内に逮捕してみせるとマスコミに広言しました。正直にいって、犯人について何もわかっていなかったんです。もちろん、堀田雄次という人間がいることも知りませんでした」

と、十津川はいった。

「確かに、賭けですね」

と、関口はいった。

「私としては、この挑発にのって、もう一度、挑戦状を送ってくることを期待したんです。東京駅周辺の二十八カ所のポストを監視し、ビデオを回し続けておけば、それに犯人が映るのではないかと思ったんです」

「しかし、犯人は、怒って新しい犠牲者を作ったんでしたね？」

「そうです。予想されなかったわけではなく、警戒はしていたんですがやられました。そして犯人は、勝利宣言の手紙を、警察とマスコミに送ってよこしたんです。予想どおり、東京駅前のポストと中央郵便局前のポストに、十八日の午前八時から十一時の間に投函したことがわかりました。それで、両方のビデオに、この時間帯に映っている人間がいれば、それが犯人に違いないと思ったわけです」

「それが堀田さんだと？」

「そうです。まず、東京駅前のポストを撮ったビデオを見てください」

十津川は、用意した第一のビデオを、まず関口に見せた。

堀田が画面の中に現われ、会社の紙袋の中から、何通かの封書を取り出し、それをポストに投函する。

そこで、十津川はビデオを止めた。

「これが、十八日の午前八時六分です」

といい、次に、中央郵便局前のポストのビデオを回した。

また、ここにも堀田が現われた。

「これが、八時十分ごろです。同じ十八日のです」

と、十津川がいってビデオを止めた。

関口は、わからないというように首を振った。

「これで、警察は堀田さんを疑ったわけですね？」

「ぴったり一致する人物だったからですよ。もちろん、これで、ただちに、この人物を犯人と断定したわけではありません。持っている紙袋から『丸上興業』の社員とわかり、聞き込みに行ったんですが、そのとき警察といわずに通産省の人間といったのは、警察が調べているとなれば、その人が疑われて、会社の中の立場がまずくなると思ったからです。話を聞いた人事課長さんに、内密にとお願いしたのも同じ配慮からです」

と、十津川は説明した。

「しかし、その日のうちに、直接、本人に会いに来ていますね。今度は、警察手帳を見せて。堀田さんは、まるで殺人犯扱いだったと立腹して、弁護士の私に助けを求めて来たんですよ」

「確かに、その日のうちに、私と亀井刑事が堀田さんに会いに行きました。それは、今のビデオのことがあったうえに、右手の人差し指と親指に絆創膏を巻いていたからです。そうしておいて手紙を出せば、封筒に指紋がつきませんからね。われわれは、堀田さんに会い、十八日に、どこに手紙を出したか、聞きました。出した先がわかれば、それで、シロ、クロは、簡単に判断できると、われわれは考えたわけです。ところが、堀田さんが頑として、どこに手紙を出したか答えてくれないのです。それに、右手を見ると絆創膏がとれているのに、何の傷痕もありません。それで、われわれとしては疑惑を深めたというわけです」

と、十津川はいった。

関口は、何もいわず、しばらく黙っていた。十津川は、相手が口を開くのを根気よく待った。こちらのいうべきことは、全部いったと思ったからである。

8

五、六分もして、関口はやっと、口を開いた。

「私は、今でも堀田さんは地下鉄事件とは無関係だと思っています」

「その理由は何ですか？」

と、十津川はきいた。

「堀田さんとは、わずかな日時しかつき合っていません。それに、あの人は、正直にいって変わった人です。偏屈だし、やたらと人を疑うし、秘密主義ですよ。友人に持ちたくはない種類の人間です。恐らく堀田さんは、弁護士の私だって心から信用はしてなかったと思いますよ。しかし、殺人はしないという確信だけは、私は持てたんです。嫌なところが、こんなにたくさんあるから、殺人だってしかねないというようにはならず、こんなにたくさん欠点はあるが、殺人だけはしないだろうという感じがするんです」

「それは直感ですか？」

「これでも、私は人を見る眼があるんですよ。堀田さんは人は殺しませんね」

「すると、十八日の朝、堀田さんは、いったい、どこへ何通もの手紙を書いたと思いますか？」

「わかりませんが、堀田さんは一種のマニアでしたね。手紙マニアです。気になることがあると、すぐ手紙を書き、速達で出すんですよ。総理大臣にも出すし、近所のクリーニング店にも出すんです」

「匿名でですか？」

「そうですが、もう少しユーモアがあるというか、刺戟的というか脅迫的というか――」

といって、関口は口を濁した。

十津川は肯いて、

「つまり、日本赤軍の名前を使ったり、右翼をかたったりしたということですか？」

「そうです。スーパーを脅したときは、かい人21面相と署名したようです。それも、わざわざ、あの事件のときと同じようなタイプを買って来て、それを使ったみたいですね」

「関口さんは、その手紙を見たわけじゃないでしょう？」

「もちろん見ていませんが、堀田さんは、自慢げに話してくれたし、書き損じた手紙も見せてくれましたよ。そのとき、この人には、こういうことが生き甲斐《がい》になっているんだなと思いましたね。それで彼の不満は解消してしまうんです。だから、殺人はやりませんよ」

と、関口はいった。

「その書き損じの手紙はどうなりました？」

と、十津川はきいた。

「焼き捨てさせました。こんなものを残しておいたら、警察に疑われるだけだと思いましたからね。私は、今もいったように、この楽しみを持っているから殺人にまで走ることはないと感じましたが、警察は、多分、逆に考えると思ったからですよ」

「すると、今のあなたの話は、すべて証拠はないわけですね？」

「そうですが事実ですよ」

と、関口はいった。

今度は十津川のほうが考え込んでしまった。

9

関口の話は本当だろうか？

本当だとすると、堀田という男は、近所のスーパーなどに、直接、怒鳴り込んでいくだけでなく、やたらと不満を手紙にして、さまざまなところに送りつけていたことになる。

それも脅迫まがいの手紙をである。毎週のように出していたとすると、十八日の朝も同じことをしたのか？

自分の指紋を隠して投函したり、二つのポストに分けて入れたのは、日本赤軍や右翼、或いはかい人21面相の名前をつけて出したので、自分が犯人とわかるのが怖かったからなのか？

差出し先を、頑としていわなかったのも、そのためだったのだろうか？

「証拠が欲しいですね」

と、十津川は、短い沈黙のあとで関口にいった。

「証拠？」

「そうです。具体的に、どこの誰に、何という名前で手紙を送りつけたか、堀田さんから聞いていませんか？」

「急にいわれても、何しろ堀田さんとのつき合いが短かったですからねえ」

と、関口はいってから考えていたが、

「阿佐ヶ谷《あさがや》駅近くのスーパーに、かい人21面相の署名で手紙を出した話をしてくれたことがありましたよ。最近、サービスが悪いので、こらしめるためにやったといっていましたね。そのあと、その店へ行って、店の中が、ぴりぴりしているのを楽しんでたみたいですよ」

と、いった。

十津川は、亀井とすぐ、そのスーパーへ行ってみることにした。

阿佐ヶ谷駅近くに、スーパーは二店あった。

堀田がどちらに手紙を出したかわからないが、十津川は、有名な系列店のほうだろうと見当をつけた。

支店長に会った。

最初、中年の支店長は、堅い表情で、

「うちが、そんな脅迫を受けたことはありませんよ」

と、主張した。

十津川は手を振って、

「大丈夫です。ここを脅迫したのはニセモノです。それに、もう亡くなりました。公表しても報復されることはありませんよ」

と、いった。

とたんに、支店長の緊張した顔が崩れて、

「本当ですか？」

「本当です。中央郵便局の消印のついた速達だったんでしょう？」

「そうなんです」

「見せてください」

というと、支店長は、すぐ、奥から白い封筒を持ち出して来た。

タイプで、このスーパーの名前が書かれ、差出人の名前は、なかった。

中に入っていたのはタイプ用の便箋で、横書きで打たれていた。


〈お前の店、サービス悪くて、がまんできん。何考えてるのや。こらしめのために、ちょっと、痛い目にあわせてやる――〉


タイプ用の便箋二枚にわたって打たれていて、最後に「かい人21面相」とあった。

文章も、例の事件の犯人に似せてある。

「警察には届けなかったんですか？」

と、十津川は支店長にきいた。

支店長は、「申しわけありません」と、頭を下げてから、

「そこに、警察に届けたら承知せんとありますし、別に金も要求してないので届けませんでした」

「困りますね」

「わかってますが、刑事さん。考えてくださいよ。警察に届けたら、何されるかわから

んのですよ。青酸入りの食料品でも置かれたら、他の品物も、全部、売れなくなるんです。店の死活問題ですよ」

「それで、どうなったんですか？」

「とにかく、これ以上、相手を怒らせないように、サービス向上に努めましたよ。誰が犯人かわかりませんのでね。店員に訓示して、いつもより深く頭を下げさせましたし、必ず、お客の一人一人にありがとうございますといわせました。それで納得してくれたのか、何事も起きませんでしたよ」

「この手紙を、お借りしていいですか？」

「そりゃあ、かまいませんが、警察にいわなかったことで、何か問題になるんじゃないでしょうね？」

支店長が心配そうにきいた。

「大丈夫です。何もありませんよ」

と、十津川はいった。

10

帰りの車の中で、十津川は複雑な気持ちだった。

亀井も、「ありましたね」といっただけで、黙って車を運転している。

十津川は、このことを、どう受け取ったものか、それを考えていた。

封筒についている消印は、明らかに東京中央であり、しかも午前中である。

十八日の朝も、これと同じような手紙を、どこかのスーパーに出したのだろうか？

「カメさん。堀田の家に、タイプライターがあったかね？　この手紙を打つような」

と、十津川は亀井にきいた。

「私も、それを考えていたんですが、私は見ていません」

と、亀井がいう。

「捜査本部に戻らず、もう一度、堀田の家に行ってみよう」

と、十津川はいった。

阿佐谷南の家に着くと、二人は、すぐ、二階にあがった。

堀田が、書斎代わりに使っていた部屋である。しかし、どこを探しても、問題のタイプライターは見つからなかった。

二人は、他の部屋も念入りに探した。

が、同じだった。

十津川は関口に電話をかけ、すぐ来てもらった。

十津川は関口を見ると、まず、スーパーで借りて来た手紙を見せ、

「あなたのいわれたとおりでした」

と、いってから、

「これを書いたタイプライターが、いくら探しても見つからんのですよ。関口さんは、現物を見たことがあるんですか？」

「ええ。堀田さんが見せてくれましたよ。なんでも、古道具屋で探して、やっと手に入れたんだといってましたね。これで、かい人21面相になりすまして、手紙を出すと、どこの店もびっくりして態度が改まる。一種の世直しだといっていましたが」

「どうしたんですかね？　そのタイプライターは」

「わかりません。二階の書斎に置いてありましたがね」

「あなたが、処分するように忠告したんじゃありませんか？」

と、亀井がきいた。

「いや、いっていませんが」

「すると、なければおかしいんですがねえ」

と、十津川は首をかしげた。

彼は、西本たちも呼び寄せて、もう一度、家じゅうを探させた。車庫や車の中もである。

しかし、タイプライターは見つからなかった。

「わからなくなって来たよ」

と、十津川は、亀井に小さく首を振って見せた。

「処分してから自殺したということでしょうか？」

亀井がきき返す。

「自殺なら、そうなるんだろうが、それなら、二本の千枚通しだって処分するはずだと思うんだがね」

と、十津川はいった。

「そうですね。自分が、例の事件で警察に疑われていることは十分に知っていたはずですから、タイプライターなんかより、千枚通しを処分するはずですね」

「そうなんだよ。そのタイプライターで、スーパーなんかを脅したとわかっても、たいした罪にはならないからね。片方は殺人の証拠になりかねないんだ」

「すると、どうなるんですか？」

「考えられるのは、何者かが、自殺に見せかけて堀田を殺し、タイプライターを持ち去ってしまったということなんだが――」

と、十津川はいったが、また考え込んでしまった。

犯人は、なぜ、こんなことをしたのだろうか？　それがわからないのだ。

十津川は部屋の外に出た。

小さいが庭がある。文字どおり、猫の額《ひたい》ほどの庭である。せいぜい五坪ぐらいだろう。それでも、この辺りなら一億円以上はするのではないか。

十津川は、そんなことを考えながら、暗くなり始めた空を見上げた。

煙草に火をつける。

亀井が傍に来て、並んで空を見上げた。

「堀田は、地下鉄事件の犯人ではないと、警部はだんだん考えるようになられたんじゃありませんか」

と、亀井がいった。

「その可能性を考えていたんだよ」

と、十津川がいう。

「しかし、そうなると抗議の自殺の線が消えてしまいますね。別に自殺しなくても、十八日の朝、どこへ手紙を出したか話せばいいんですから。脅迫罪は成立しても、殺人容疑は消えますからね。問題のタイプだって、処分する必要はないんです。脅迫の証拠は、つまり殺人容疑についてのシロの証明でもあるわけですから」

と、亀井はいった。

「もう一つの考え方が、あるんだがね」

「どんな考えですか？」

「地下鉄事件の犯人は別にいて、その人間が堀田を殺したということだよ」

「つまり、堀田が追いつめられて自殺したように見せかけてですか？」

「そうだ」

「すると、千枚通しを、本棚の引出しに入れておいたのも真犯人だということになりますね？」

「そうだ。堀田を犯人に見せるための細工だよ」

と、十津川はいった。

「遺書めいた手紙も、その犯人が書いたということになりますか？」

「ああ。短ければ、筆跡をごまかせると思ったんじゃないかとね」

「しかし、そうなると、おかしなことも出て来ますよ」

と、亀井がいう。

「何がだね？」

「堀田のことを、われわれは、地下鉄事件の犯人と考えていました。彼が、それに抗議して警察とケンカになっていたわけです。マスコミも取りあげ、ほとんど全部のマスコミが堀田の味方になっていました」

「ほとんどじゃなくて全部だよ。警察というのは、悪者にしやすいからね」

と、苦笑した。

「そうでしたね。真犯人が他にいるとすると、その人間にとって非常に歓迎すべき状況になっていたと思うんです。もし警部に恨みを持っている人間なら大喜びしていたはずです。この状態を、もっと続けたいと思うに違いありません。それなのに、なぜ、自殺と見せかけて殺してしまったのか。そこがわかりません」

「そうだな」

「もう一つ疑問なのは、これが他殺とすると、犯人は、この家を訪ねて来て堀田に近づき、青酸を飲ませたことになります。玄関は錠が下りていたというのは、犯人がカギを奪って掛けていったんでしょう。それを考えると、堀田は錠を下ろしていたと見るべきで、犯人は、それを開けさせ、中に入り、毒を飲ませたことになります。なぜ、堀田は、そんなに気を許したのか、それも、わかりません」

と、亀井はいう。

十津川は肯いて聞いていたが、

「その二つの疑問に、同時に答えられる回答が一つあるよ」と、いった。

「どんな答えですか?」

「真犯人が、堀田の友人か知人の中にいるということだよ。今は、カメさんのいうように真犯人にとって好ましい状況だが、いつか、堀田が、自分のことを思い出すに違いないという不安がある。そうなってからでは遅い。警察が疑っている間に自殺に見せかけて殺してしまえば、警察は、犯人だから自殺したと考えるだろうし、マスコミや世間は、抗議の自殺と思ってくれるだろう。そう考えたんじゃないかね。親しい人間だから、堀田は安心して家にあげ、犯人のほうは青酸を飲ませることができた」

「なるほど。堀田の近くにいた人間と考えれば納得できますね」

と、亀井は肯いた。

「その線で調べ直してみよう」

と、十津川はいった。

そう考えると、猶予《ゆうよ》はしていられなかった。

真犯人がいるとすれば、今ごろ、どこかで冷笑しているに違いないし、一週間の期限も間近に迫っていたからである。

十津川は、部下の刑事たちに、堀田の交友関係を徹底的に洗えという指示を出した。

堀田の性格から、恐らく友人は少ないだろう。だから、学生時代にも遡《さかのぼ》って調べるように念を押した。

西本たちが一斉に捜査に走った。刑事の数も増やされ、学校は小学校時代までに範囲を広げ、堀田がときたま飲みに行く店も調べることにした。

少しでも怪しい人物が浮かんでくると、十津川や亀井が出て行って、実際に会って話をした。

しかし、なかなか犯人と思われる人物は見つからなかった。

昔、堀田と親しかった人間でも、最近は、全くつき合いがないということが多かった。

それだけでも、最近の堀田が孤立していることがわかる。

一方、十津川は、引き続き関口の協力も求めていった。

堀田は、死んだ日の夜、関口に電話をかけている。

遅くなってもいいから自宅に来てくれと、いっている。いったい何を話したかったのか。それを知りたかったのである。

「堀田さんが電話して来たとき、誰かに会うことになっているという話はしませんでしたか？」

と、十津川はきいた。前にも同じ質問をしている。だから関口も、

「あれから、ずっと、それを考えていたんです。あのとき電話で、堀田さんが何をいったんだろうかとですよ。午後十時過ぎに来てくれというのだけは、はっきり覚えているんです。相談したいことがあるといった言葉もですよ」

「そして、約束した時間に行って、死んでいるのを発見したとき、どう思いました？」

――と、十津川はきいた。

「電話したときから堀田さんは自殺を考えていて十時までに死ぬ気だった。それを、私に見つけてほしかったのではないかと」

「なるほど」

「しかし、もし、あれが自殺に見せかけた殺しだとすると、十時というのは他の意味があったのではないかと考えるようになりました。その時刻に、誰かと会うことになっていたのかもしれないとです」

「堀田さんは、その場に弁護士のあなたに居合わせてもらいたかったのかもしれませんね」

と、十津川はいった。

「私も、それを考えていたんです。殺されたのなら、犯人と会う時間だったのかもしれない。ところが、犯人は約束より早く来て、堀田さんを殺して逃げたということも考えられますね」

関口は考えながらいった。

「だが、堀田さんは、その人間を中に入れている」

「つまり、前からの知り合いということですかね」

と、関口はいった。

「だが、まだ、これといった人間は浮かんで来ないんですよ」

十津川は、当惑の色を見せていった。

「それなんですがね」

「何です？」

「堀田さんは、地下鉄事件の犯人ではなかったということで話しますが、彼のよく知っている人間が真犯人であるとします。その疑いを持っているんでしょう？」

「そうです」

「堀田さんは、殺人犯人扱いされて怒っていましたから、もし、身近に真犯人と思う人間がいたら、警察には話さなくても、弁護士の私には話してくれていたと思うのです。これは自惚《うぬぼ》れでなく、真犯人を見つけて、自分を犯人扱いしている警察の鼻を明かしてやりたかったに違いないからですよ。それなのに何もいわなかったということは、堀田さんの身近に、真犯人はいなかったんじゃないかと思うんですが」

と、関口はいう。

「だから、見つからないのだというわけですか？」

「そうです。堀田さんは、屈折した人間だけに敏感ですよ。もし、身近にいれば、すぐ気付いていたと思いますね」

とも、関口はいった。

「確かに、あなたの考えにも一理ありますがねえ――」

十津川は、語尾を濁して考え込んだ。

だが、現実に、堀田は死んでいるのだ。自殺と見せかけて何者かが殺したのなら、その人間は、急いで堀田を殺さなければならない理由があったことになる。

(堀田の知っている人間でなければ、他に、どんな人間が考えられるのか？)

それがわからないのである。

「堀田さんが、ちょっとした英雄になってしまったときのことですがね」

と、十津川は、少し話を変えた。

「ええ」と、関口が肯く。

「激励の電話なんかも、よく、かかって来たんじゃありませんか？」

「ええ。堀田さん自身、驚いていましたね。こんなに警察を恨んでいる人間が、たくさんいたのかと。これは、失礼」

「かまいませんよ。非難されるのはなれていますから」

と、十津川は笑って、

「堀田さんは、そういう人たちのことを、どういっていました？」

「仲間意識を持っていたと思いますよ。そんなことをいっていましたからね」

と、関口はいった。

「その中の一人が会いに来たとすれば、堀田さんは喜んで家の中に入れたんじゃありませんか？　どう思います？」

十津川がきくと、関口は、

「そうですねえ。会ったでしょうね。警察相手にケンカしていたわけだから、味方は多いほどいいと思っていたと思いますからね」

と、いった。

「古い知人、友人でなくても、同調者なら家に入れたとすると——」

「しかし、十津川さん。そんな人間が、なぜ自殺に見せかけて堀田さんを殺すんですか？」

「地下鉄事件の真犯人が、同調者に見せかけて堀田さんの家に上がり込み、自殺に見せかけて殺したんですよ」

と、十津川はいった。

しかし、いぜんとして「なぜ？」という疑問は続くのだ。

第五章 再検討

1

堀田は犯人ではないと、十津川も認めざるを得なかった。

十津川は、これが犯人を見つける最良の方法と考え、わざと犯人を挑発し、ビデオカメラを使ってみたのだが、どうやら失敗だったらしい。ただ単に、世の中に不満を持ち、匿名《とくめい》で嫌がらせをするのを生き甲斐にしていた男が、捕まったに過ぎなかったのである。

真犯人は、今ごろ涼しい顔をしているだろう。十津川を嘲笑しているだろう。

それなのに十津川のほうは、相手の名前のイニシアルさえ、わからないのだ。

ぶぜんとしているところへ、検察から、拘置所にいる例の自称「サン」の重役が十津川に会いたがっていると連絡してきた。

こちらも行き詰まってしまっている。何か参考になることが聞けるかもしれないと思い、ひとりで東京拘置所へ出かけて行った。

男は、思ったより元気に見えた。

「よく来てくれましたね」

と、男は嬉しそうにいった。

「私が逮捕した責任があるからね。いや、君の場合は、自首して来たというべきだな」

「事件のほうは、どうなっていますか？」

「犯人は、まだ捕まらないよ。君のように自首してくれればいいんだがね」

「私は、どうしても殺人犯にはならんのですか？」

と、男はきいた。

「君は、なぜかそうしてもらいたいみたいだが、君は一人も殺してない。傷害罪だけだよ。だから、それで裁かれるんだ」

「駄目ですか――」

「駄目だね。違うとわかっているのに、君を地下鉄内連続殺人の犯人にはできないよ」

と、十津川はいった。

男は、「そうですか」と小さく肯き、考え込んでいたが、

「殺人容疑で、再起訴してもらえるかもしれないと思って、来ていただいたんですが、

やはり駄目ですか」

「無理だよ」

と、十津川は苦笑した。

「それなら、あなたに話したいことがあります。聞いてくれますか？」

「正直に話してくれるならね」

と、十津川はいった。

「私の名前は、株式会社『サン』の取締役、長谷川健です」

と、男は真顔でいう。

十津川は、またかと思い、肩をすくめて、

「君は、なぜその名前にこだわるのかね？」

「私の名前だからです」

「しかし、君は違うんだ。あの会社には、ちゃんと長谷川健という取締役がいるんだよ。

私も会って来た」

「しばらく黙って、私の話を聞いてくれませんか」

と、男はいった。

「いいだろう。どのくらい聞いていればいいのかね？」

「十五、六分もあれば十分です」

「それならいいよ。話したまえ」

と、十津川はいった。

「私は、平凡なサラリーマンでした。結婚もした。彼女が社長の遠縁に当たっていたので、ワンマン会社だったから、どんどん引き立てられ、重役の椅子を与えられました。子供がないことや、家内が何かというと自分の身内の自慢をすることは、悲しかったですが、まあ、仕方がないと思っていました。高校出でたいした能力もない私が、家内のおかげで重役の一人になれたわけですからね」

「続けて」

「ある日、私は社長一族が、会社の金を何億円と、勝手に使い込んでいるのに気がついたんです。うちは同族会社ですが、会社は社員全員のものです。社長や、その一族で食い物にしていいわけがない。重役会議のとき、私はそれを社長や他の重役にいいました。多少の正義感は残っていたし、家内のおかげで社長一族の仲間入りができたといっても、一族の端にぶら下がっているようなもので、いつも無視されているという、ひがみもあったと思いますよ。私は、社長から黙って眼をつぶっていろといわれました。家内にも、バカな真似はしないでといわれましたよ。私が、大人しく口をつぐんでしまえばよかったんでしょうが、多少、意地になりましてね。不正には眼はつぶれないといったんです」

といって、男は自嘲的な笑いを浮かべた。

「それで、どうなったのかね？」

十津川は、次第に興味を覚えて、男を見つめた。

「ある日突然、妙な事態になったんです。いつものように、朝八時に家を出て会社に着く。守衛がいつもの男ではなくて、別人になっていました。受付の女の子もです。そして守衛が、私を中へ入れてくれないんです。身分証明書を見せて、この会社の取締役の一人だというと、守衛はいきなり身分証明書を引き裂いて、その取締役なら、もう出社しているというんですよ。そんなバカなことがあるか、本人はここにいるといっても、守衛は聞いてくれません。やたらに腕力の強い男で、私は会社の外へ放り出されました。何仕方がないので急いで家に戻り、家内に一緒に会社へ行ってもらおうと思いました。何といっても、家内は社長の遠縁ですからね」

「うまくいったのかね？」

「自宅に戻ると、驚いたことに家内はアメリカへ出発してしまっていました。その朝、私が家を出るとすぐ、家内は私に何の連絡もせず、アメリカへ行ってしまったんです。それだけじゃありません。今までいなかった、運転手と称する若い大男がいて、他人は家に入るなといって、私を放り出したんです。私が、この家の主人だといっても、全く聞こうとしないんです」

「それで、どうしたのかね？」

「近くの派出所へ行って、事情を話しました。若い警官はわけがわからないという顔で、家までついて来てくれましたが、例の運転手は、私のことを警官に、そいつはこの家の主人じゃない。頭がおかしいんだというわけです。警官が会社へ電話をしてみると、私と同じ名前の重役がちゃんといて、最近、自分の名をかたってサギまがいのことをして困ると、その警官にいったんです。それで警官も、私をニセモノだと決めつけましたよ」

「その日は、自分の家に入れなかったのかね？」

と、十津川はきいた。

2

「そうです。いっそ、自宅に火をつけてやろうかと思いましたが、それだけの勇気もありませんでした。仕方がないので、その日は都内のホテルに泊まりました。そのとき、愕然《がくぜん》としたんです。自分が自分であることを証明するのが、いかに難しいかわかったからです。運転免許証か、パスポートを持っていればよかったんでしょうが、私は、どちらも持っていなかった。前科もないから、指紋も登録されていません。それと、ほとんど自宅と会社を往復する人間でしたから、その双方から見放されてしまうと、自分が誰なのか証明できなくなるんですよ」

「しかし、君の家族がいるだろう？　両親とか兄弟が」

「父親は死んで、母は認知症で入院しています。弟が一人いましたが、私が結婚し会社の重役になったと聞いて、金を借りに来たんです。自分で仕事をやりたいといってね。私は家内への遠慮から、断わってしまったんです。弟は怒って私の前から姿を消してしまい、今、どこで何をしているかもわからないんです」

「学校時代の友人はいるんじゃないの？」

「ああ、高校のね」

といって、男は肩をすくめた。

「その友人に頼めばよかったんじゃないのかな？」

「私は、福島の高校を卒業して上京したんです。私立の、地元ではあまり評判のよくない高校でした。そのことが、私は無性に恥ずかしくて、一度も母校を訪ねたことがないし、同窓生が同窓会の通知をくれても、返事もしなかったんです。そのうちに通知も来なくなりましたよ。そんなくらいだから、いざ誰かに頼もうと思っても、同窓生の顔や名前を思い出せないんです」

「それで、地下鉄の事件の犯人になろうとしたというのは、どうにもわからないんだが」

「私は、何とか元の生活に戻ろうとしましたよ。しかし、家内はアメリカへ行ったまま帰って来ないし、会社には自分のニセモノが重役としていて、社長一族は私のほうをニセモノだという。私は自殺を考えましたよ。しかし、このまま死ぬのは我慢ができなかったんです。あの社長一族にも復讐してやりたかったし、もちろん自分が自分だということを、何とか証明したかったんです。そんなとき、例の地下鉄の刺殺事件が新聞に大きく取りあげられたのを読んだんです。警察が必死になって犯人を捜していることもです。そこで、私は考えたんです。もし、私が犯人だといって自首したら、どうなるだろうか?」

「それで自首したのかね?」

「警察は起訴するにしても、犯人がどこの誰か、その過去の経歴まで調べますよね。私は、自分で自分を証明することができない。ただ派出所に行っても、力を入れて調べてはくれない。だが、殺人事件の犯人なら必死で調べてくれるだろうと思ったんですよ」

と、男はいった。

「呆れた人だな」

「だが、あなたも駄目でした」

「会社の社史にも、君じゃなく別人の写真が、ちゃんと長谷川健として、のっていたからね」

「あの話を聞いたときは慄然《りつぜん》としましたよ。社長一族は、社史まで作り変えて、私を除外しようとしているのを知ったからです。あれは作り変えるのに何百万もかかったはずですよ」

「前の社史には、君がのっていたのかね？」

「当然ですよ」

「その社史は、今、どこにあるのかね？」

「私も一冊貰って、家にあるはずですが、きっと家内が焼却して、新しい社史を置いてるでしょう。あとは、うちの会社のお得意に一冊ずつ配ってあるはずですが」

と、男はいった。

「君は、あくまでわれわれに自分のことを調べさせようとして、釈放したのに千枚通しをわざわざ買って地下鉄に乗り、車内でＯＬを刺したのかね？」

「そうです。何とかして私は、自分が長谷川健であることを証明してもらいたかったんです」

「今、君が話したことはすべて本当なんだろうね？」

と、十津川は念を押した。

男は、まっすぐ十津川を見つめて、

「嘘なら、釈放されたとき姿をくらましてしまっています」

と、いった。

3

十津川は捜査本部に戻ると、若い西本刑事を呼んで、

「君は、株式会社『サン』について、徹底的に調べてくれ。特に、重役の長谷川健という男をね。ひょっとすると、前科ぐらいあるかもしれん」

と、いった。

西本が出て行くと、亀井が不安気に、

「大丈夫ですか？」

「何がだね？」

「例の男の言葉を信用して、大丈夫ですか？」

「わからないが、私はあの男の熱心さに打たれたんだ」

「警部がそういわれるのなら、心配はしませんが――」

「ねえ。カメさん」

と、十津川は煙草に火をつけてから、改まった口調で呼んだ。

「何です？」

「あの男の話を聞きながら、考えたことがあるんだよ。最初、あの男が自首して来て、大手町に本社のある株式会社『サン』の取締役だといったとき、簡単にそれを信じた」

「そうです。背広も管理職のものらしく高級品でしたし、管理職がストレスがたまって、あんな犯行に走ったのではないかと思ったからです」

「ところが、『サン』に行って、そこに長谷川健という重役が別にいると知り、社史を見せられると、とたんにあの男はニセモノだと決めてしまった」

「ええ。しかし――」

「私たちは、同じ過ちを犯しているんじゃないかと思ったんだよ。連続刺殺事件の犯人を捕えようと、二十八台のビデオカメラを用意し、東京駅周辺のポストを四十八時間にわたって撮《と》りつづけた」

「私は、正解だと思いましたがね」

「そうさ。私だってこの方法しかないと思い、堀田という男が浮かび上がって来たとき、この男こそ犯人に間違いないと確信した」

「しかし、堀田は犯人じゃありませんでした」

と、亀井がいう。

「そうだ。堀田は、自殺に見せかけて殺された。殺したのは多分、真犯人だよ。堀田が犯人じゃなかったとなったとき、私たちはあっさり、自分たちの方法が間違っていたと決めてしまった」

「堀田という人間を犯人にしてしまいましたからね」

「今日あの男に会って、そのことを考えたんだ。前に、あっさりあの男をニセモノと決めつけたみたいに、ビデオカメラを使った方法が間違いだったと思い込んでしまった
――」

「すると警部は、方法は正しかったと思われるわけですか？」

「正しかったと考えてみることにしたんだ。正しかったとすると、どうなるかとね」

十津川は、ゆっくりとした調子でいった。

「どうなるんですか？」

「決まってるじゃないか。カメさん。われわれの撮ったビデオに、犯人が映っていたということになるんだ」

「だから堀田は、自殺に見せかけて殺されたということですか？」

と、亀井がきいた。

「さすがにカメさんだ」

「よしてください。他に考えようがなくなったんですよ」

と、亀井は照れた表情になった。

「そうなんだよ。真犯人もあのビデオに映っていると考えると、謎が解けてくる。真犯

人は、警察が二十八台のビデオカメラを使って、堀田を犯人と断定したことを知った。そのとき真犯人は、ほっとするよりも怯えたに違いないんだ。なぜなら、真犯人もそのビデオに映っていたからだ。堀田が犯人でないとわかれば、警察はもう一度、ビデオを検討するだろう。そうすれば、いやでもそこに映っている自分に気付くに違いない。それで真犯人は、どうしたらいいか考えた」

「堀田のシロがわかる前に、堀田が罪の意識で自殺したように見せかけなければならないと、考えたわけですね？」

「そのとおりだと思うよ。あの夜、われわれが堀田の家を見張っていたら、真犯人が入って行くのを見られたはずなんだ」

「しかし、真犯人は、どうやって堀田に近づいたんでしょう？　前から知り合いだったんでしょうか？」

「いや、そうは思えないね」

「それなら、堀田が夜おそく相手を自分の家に入れるとは思えませんが？」

と、亀井はいった。

十津川は肯いて、

「普通なら入れないだろうね。だが、あのとき堀田はわれわれ警察とケンカをしていた。権力と戦う騎士気取りだった。だが、不安でもあったと思うんだよ。何しろ相手は公権力なんだからね」

「われわれがですか？」

「そうさ。第三者から見れば、この上なく強大な公権力だよ」

と、十津川は笑ってから、

「だから、堀田は内心不安で、一人でも味方が欲しかったと思うね。そんな堀田に近づくのは、そんなに難しいことじゃない。電話をかけて、実は自分も警察にはひどい目にあっていて、あなたと一緒に戦いたいと思っている。それに、十津川警部や警察の弱味を握っている。話をしたいので、今夜そちらに伺っていいかといえば、堀田は会う気になるよ。心細かったはずだからね」

「しかし、堀田はあの夜、弁護士の関口に、十時過ぎに来てくれといっていますね」

「あれは多分、こういうことだったと思う。堀田は真犯人から電話を受けたとき、それなら関口弁護士にも来てもらって、一緒に話し合おうといったんじゃないかとね」

「真犯人は困ったでしょうね？」

「困ったが、弁護士なんか呼ばないでくれとはいえない。怪しまれるからだ。そこで、私は十時過ぎに行くから、弁護士にもその時刻に来てもらってくれといったのさ。そして、真犯人は十時より前に堀田を訪ねたんだ」

「堀田にすれば、もう少しおそく来てくれとはいえないで家に入れたんですね」

「そうだ。真犯人が、今いったように警察なり私なりの弱味をつかんでいると堀田にいっていれば、堀田は一刻も早く、その話を聞きたかったろうからね。話を聞きながら、関口弁護士が来るのを待つことにしたんだろう」

と、十津川はいった。

4

二人で話し合っていると、少しずつ霧が晴れていく感じだった。

「真犯人は、弁護士が来るまでに堀田を殺そうと思っていたわけですね？」

と、亀井が確認するようにきく。

「もちろん、そうだ。真犯人は上がり込むと、きっと、いかに自分が警察にいじめられているか、堀田に喋ったんだと思うね。そして、自分が堀田の同志であることを強調したんだろうね。真犯人は、青酸入りのビールを持参して来て、喋りながらそれを堀田にすすめる。すっかり相手を信用してしまった堀田は、警戒もせずにそのビールを飲んだんだ」

「堀田が死んだあと真犯人は、筆跡をまねて『私は疲れた。私――』と、便箋にボールペンで書いたんですね？」

「長い文章にすると、筆跡の違うのがバレてしまうので、短い思わせぶりな文章にしたんだ。もちろん、そのあとで死んでいる堀田の指紋をボールペンにつけて、机の上に転がしておいたんだろうね」

「千枚通しを二本、引出しの中に入れておいたのも真犯人ですね」

「まあ、そうだ。真犯人は、最後に家のカギを見つけ、それを使って玄関の鍵をかけて逃げ去ったのさ」

「何も知らない関口弁護士が約束の時間にやって来て、死んでいる堀田を見つけ、猛然とわれわれに抗議して来たというわけですね」

「われわれもだが、関口弁護士も、真犯人の罠にまんまとはまってしまったわけだよ」

「真犯人に、いいようにやられたわけですね」

亀井が、口惜しそうにいった。

「だが、真犯人も堀田を自殺に見せかけて殺したために、自分に一つだけ枷《かせ》をはめたことになったんだ」

「どんな枷ですか？」

「もう、地下鉄で若いOLを、千枚通しで刺せないということだよ。そんなことをすれば、堀田が犯人だから自殺したというストーリイが、たちまち吹っ飛んでしまうからだよ。私に対して挑戦状を送りつけてくることもできない。何しろ、犯人は自殺してしまったはずなんだからね」

「その間に、真犯人を見つけたいですね」

「それに、私が約束した時間もあと少ししかない」

「どうしますか？」

「われわれの推理が正しいかどうか、調べてみようじゃないか」

と、十津川はいった。

もう一度、二本のビデオを全員で見直すことにした。

十津川の推理が正しければ、堀田以外に、二本のビデオの両方に映っている男がいるはずである。

まず、一本目のビデオをよく見て、そこに映っている人間の顔を記憶に叩き込む。

そして二本目のビデオ。映し始めてすぐ、堀田が現われる。ここで、前はやめてしまい、堀田を犯人と決めてしまったのである。

今度は、さらにビデオを回していく。何人もの男女が現われて、中央郵便局前のポストに投函して行く。

やがて、ビデオが終了してしまった。

だが十津川は、もう一本のビデオと共通して出てくる顔を発見できなかった。

「君たちは見つかったか？」

と、十津川は亀井たちにきいた。

「もう一度、見てみましょう」

と、亀井がいった。

二本のビデオが、もう一度回された。

十津川は当惑し、狼狽《ろうばい》していた。てっきり、堀田以外に二本に共通して一人の人間が映っていると思っていたのに、その人間が見つからないのである。

(推理は間違っていたのだろうか?)

もし間違っていたとすると、もう打つ手がなくなる。

十津川は考え込んでしまった。真犯人がビデオに映っていないのなら、なぜ、あわてて堀田を自殺に見せかけて殺す必要があったのか?

「警部の考えは、正しかったと思いますよ」

と、亀井が、十津川に声をかけてきた。

「しかし、カメさん。堀田以外に、両方のビデオに映っている人間はいないんだ」

「そうです」

「それでも、君は、私の推理が当たっていると思うのかね?」

「相手の気持ちになって考えてみたんです。真犯人のね。真犯人は、われわれがビデオで撮っていることは知らなかったはずです。知っていれば、東京都内のポストで投函するはずがありませんからね。だから、ビデオに映っていることは間違いありません。現に挑戦状は、予想した二つのポストに投函されていることは、はっきりしているんです」

「しかし、カメさん――」

「真犯人は多分、東京駅前か中央郵便局前のどちらかのポストに投函し、残りの手紙を誰かに頼んだんじゃありませんか。そう考えれば納得がいきます。片方だけにしろ、ビデオに撮られていると知れば犯人が青くなって、あわてて堀田を犯人に仕立てあげて死なせたのも、肯けるじゃありませんか」

「そうか、片方のビデオに映っているだけでも真犯人はあわてたか――」

「そうです。当然の心理だと思います」

と、亀井はいった。

十津川は、勇気付けられたが、

「しかし、午前八時から十一時までの間だからね。二本のビデオに映っている人間はたくさんいるからなあ」

「しかし、その中に必ず真犯人がいると思いますよ」

と、亀井はいった。

十津川は、二本のビデオに映っている人間を全部フィルムに現像し、引き伸ばすことにした。その人物が、ポストに手紙を投函している時刻も書きつけた。

人数は、二つのポストで五十二名にのぼっている。

しかし、十津川の危惧とは違って、人間を絞っていくのは意外に楽だった。

その人間が、ポストに手紙を入れている手元が映っている場合、封書を投函しているのかハガキを投函しているのかわかる。ハガキの人間は、例の挑戦状の主ではないことになってくるからだ。

これで、半分以上の人間が除外できた。

残りは十九名である。

身体で手元を隠すようにして投函している者もいれば、封書とハガキを一緒に投函している者も除外できない。

挑戦状が、同じ日のほとんど同じ時刻に二つのポストに分けて投函されたことは、まぎれもない事実である。

とすれば、片方のポストに真犯人が映っていれば、もう一つのポストに投函したのは真犯人から頼まれた人間ということになる。

中央郵便局の話では、二つのポストに投函されたのは、ほとんど同じ時刻だろうといわれている。

とすると、一人だけ離れた時刻に、片方のポストに投函している人間も除外できるだろう。それによって五名がオミットされ、残りは十四名になった。

十四名のうち、男が五名で、残りの九人は若い女性だった。女性が多いのは、あの辺の会社のＯＬが上司に頼まれて投函に来たということなのだろう。

真犯人は男だから、この五名の中にいるはずである。

十津川たちは、この五名の写真を仔細《しさい》に検討することにした。

五人ともサラリーマン風の男だが、一人だけ、どうみても七十歳ぐらいの老人がいた。これは除外することにした。乏しい目撃者だが、いずれも三十歳から四十歳の中年男といっていたからである。

残るのは四人になった。

問題は、彼らの身元をどうやって確認するかだった。

三人は、中央郵便局前のポストで投函し、残る一人は、東京駅前丸ノ内側のポストである。それを考え、さらに背広を着たサラリーマン風ということを重ねると、丸ノ内周辺の会社、官庁の人間ということが浮かんでくる。

十津川は、四人の写真のコピーを多量に作り、刑事たちに持たせ、丸ノ内周辺の会社、官庁を片っ端から訪ねさせた。ひそかに調べるという余裕はなくなっていたからである。

一人ずつ、男の身元が割れていった。

三田製薬　販売課長　橋田隆《はしだたかし》（三十歳）
青葉工業　会計課長補佐　二村悠一《にむらゆういち》（三十四歳）
ＴＱ造船　営業課係長　井本貢《いもとみつぐ》（二十九歳）
中村不動産　第一営業課長　服部彰一《はっとりしょういち》（四十歳）

この四人である。

十津川は、ちょっと意外な気がした。多分、一人ぐらい身元のわからない男がいるのではないかと思っていたのである。

「どの会社も中堅以上の会社です」

と、亀井が総括する形で十津川に報告した。

「そして、四人とも立派な管理職か？」

「そうです。まだ、くわしくは調べていませんが、上司の話では四人ともいい社員だそうです」

「だが、この中に犯人がいるんだ」

と、十津川は自分にいい聞かせるようにいった。いなければおかしいし、いなければ、この事件は恐らく迷宮入りになってしまうだろう。

「一人ずつ、会いに行きますか？　本人に」

と、亀井が促した。

「もちろん、会ってみたいね」

十津川は、微笑していった。

5

最初は、新丸ビルの中にある三田製薬本社の橋田隆だった。

三田製薬は大手ではないが、最近、制ガン剤の開発で株価が上昇している。それだけに、社内にも活気が感じられた。

橋田は小柄だが、いかにもエリートサラリーマンという感じで、十津川の質問には、やや早口に答えた。

「あの事件のことは、同じ地下鉄で通う人間として、怒りを覚えていますよ。ラッシュの車内では、女性だけでなく、男だって無抵抗の状況におかれていますからねえ。一刻も早く捕まってほしいと思っていますよ」

「ところで、十八日の朝、東京駅前のポストに手紙を投函されていますね？」

と、十津川はきいた。

橋田は、びっくりした顔で、

「よく、そんなことまで知っていますね」

「どこへ出されたのか、教えていただけませんか」

「しかし、それは信書の秘密で、答えなくてもいいんじゃありませんか？」

と、橋田は眉をひそめてきき返してきた。

「そうですが、これは殺人事件ですのでね。できたら、教えていただきたいんですがね」

「参ったな」

と、橋田は考え込んでいたが、

「いいでしょう。別に知られてまずい手紙ではありませんからね。大学時代の友人三人に手紙を出しましたよ。私は水戸《みと》の大学出身でしてね、当時の友人で、水戸に残っている三人に出したんです」

「相手の名前と住所を教えてください」

と、十津川はいった。

橋田は、自分の手帳のアドレスの欄を広げて、三人の名前と住所を教えてくれた。

「この三人に、確認してもかまいませんか？」

「いいですよ。今もいったように、知られてまずい手紙でもありませんから」

と、橋田はいった。

十津川は、いったん捜査本部に戻ると、茨城県警に電話を入れ、この三人を当たってもらうことにした。

その返事を待たずに、十津川は亀井と、二人目の二村悠一に会った。

課長補佐という役名が何となくあいまいなせいか、二村という男は、どこか冴えない感じがした。

二村は、十津川の質問に対して、

「ああ、それなら確かに投函しましたよ。課長に、帰りに出しておいてくれと頼まれたのを、つい忘れて帰宅してしまったんで、翌朝、会社へ出る途中で投函したんですよ」

と、いった。

「それは、何通でしたか？」

「二通です。宛先は、課長に聞いてください」

と、二村はいった。

十津川は、二村の上司である会計課長に、手紙のことをきいた。

課長はあっさりと、

「ええ。二村君に頼みました。私は車で帰るんで、彼が帰りにあのポストの前を通るんで頼んだんですよ。もちろん、私用の手紙です。宛先をいわなければいけませんか？」

「ぜひ、いっていただきたいですね」

「いいでしょう。一通は、京都の友人宛です。五月の連休に京都へ行きたいので、よろしくという内容ですよ。もう一通は、大阪の家内の両親宛ですよ。実は家内とケンカをしましてね、心配をかけてしまったので、そのお詫びの手紙を出したんです」

と、課長はいった。

十津川は、相手の住所と名前を聞き、それを亀井に持たせて先に帰し、調べておいてくれと頼んだ。

十津川は、一人で次の井本貢に会った。

四人の中で、いちばん若いし独身だというので、やはり元気がよかった。

だが、十津川が手紙のことをいうと、急に堅い表情になって、

「そんな、プライバシーに関することは、警察でもいえませんよ」

「だが、これは例の地下鉄車内の殺人事件に関係しているんです。だから、どうしてもどこに出した手紙か話していただきたいんですよ」

と、十津川はいう。

「いやだといえば、犯人にされるんですか？」

「すぐ、犯人扱いはしませんよ」

「だが、疑うわけでしょう？」

「犯人は、あなたが投函した同じポストから挑戦状を出しているんです」

「僕は、そんなものは出していませんよ」

「それなら、どこへ出した手紙か教えてくれませんかねえ」

「挑戦状というのは、何通も出されたんでしょう？」

「そうです」

「それなら違いますよ。僕があの日出したのは、一通だけですから」

「しかしねえ、この写真を見ると、あなたは身体でポストを隠すようにして、投函している。だから何通出したかわからんのですよ」

と、十津川は写真を示していった。

「しかし、一通ですよ」

「それなら、その宛先をいってください」

「いえませんよ。僕のプライバシーだ」

「どうしても駄目ですか？」

「捕まえたかったら、捕まえたらいいじゃありませんか」

と、井本は開き直った態度でいった。

6

十津川が、中村不動産本社の前まで行くと、そこに亀井が待っていた。

「二村悠一の件は、京都府警と大阪府警に頼んで来ました」

と、亀井はいった。

「井本は頑として、手紙の宛名をいわなかったよ」

と、十津川はいった。

二人は、四人目の服部に会った。

服部の態度は明瞭だった。

「全部、お得意様への手紙ですよ。いい物件があったら知らせてくれといわれていましたんでね。ええ、全部、都内のお客様です。全部で五通出しましたよ」

と、服部はいった。

彼は、その相手の住所と名前も教えてくれた。

十津川は、礼をいって、亀井と捜査本部に引き返した。

服部の場合は、相手が都内の上客ということなので、部下の刑事たちに廻ってもらうことにした。

その結果が、いちばん早く出た。

服部のいった五人の客は、手紙を全部、渡してくれた。

中村不動産の名前が刷り込んである封筒で、その横にボールペンで、「服部」と書き込んで投函されていた。

消印は間違いなく十八日で、東京中央である。

その一通を開けてみると、便箋が二枚入っていて、一枚には次のように書かれていた。

〈前々からご要望のあった練馬区内の土地ですが、東大泉に、五十坪の土地が見つかりました。三・三㎡が八百万と、多少、高いのですが、駅にも近く、商売には適していると思います。ご来社くだされば、ご案内いたします〉

もう一枚には、簡単な地図が描いてあった。

他の四通も、内容はほとんど同じだった。

茨城県警から連絡があった。

「間違いなく、三人のところに橋田隆から手紙が来ています。封筒の消印は十八日で、東京中央になっています。内容は、近々、親しかった同級生が集まらないかというもので、別に怪しい点はありません。念のため、この三通をファックスで送ります」

と、県警の刑事はいった。

続いて、大阪府警と京都府警からも、回答があった。

京都府警の話では、会計課長、織田功《おだいさお》から、大学時代の友人で現在、京都市役所に勤めている友人に手紙が届いているという。

消印は十八日で、東京中央である。内容は、連休に京都へ行くので、そのとき君の家へ寄るかもしれないというものだった。

大阪府警からの返事も、織田の話を裏付けた。

義父と義母への詫びの内容で、消印はやはり十八日、東京中央だという。

その二つの手紙も、十津川は念のためにファックスで送ってもらうことにした。

「全部、理由のある手紙とすると、残るのは井本貢ひとりですね」

と、亀井がいった。

「どうしても、見られたくない手紙なのかもしれないが――」

「しかし、相手の名前ぐらいはいえるんじゃありませんか？　われわれとしては内容は見なくてもいい、間違いなく十八日の消印の手紙が届いたことがわかればいいんです。それさえ拒否というのは、怪しいですよ」

と、亀井はいった。

「確かにそうなんだがね」

「それに、井本だけが、身体でポストを隠すようにして投函していますよ。うしろめたい証拠です」

「とにかく、この井本という男を徹底的に調べてみよう。どんな趣味を持っているのか、女はいるのか、借金はあるのか、そうしたことすべてをね」

と、十津川はいった。

刑事たちが、一斉に井本貢についての聞き込みを始めた。

その間に、橋田が出した三通の内容がファックスで送られて来た。水戸に住む大学の同窓生三人への手紙である。

〈お元気ですか？

小生は、東京で生活するようになって十年になる。最近、特になつかしくなってくるのは、水戸時代のことだ。中年になった証拠かな。どうだろう、しばらくぶりに、同窓会を水戸で開かないか。東京にいる何人かは住所を知っているので、連絡がとれる。OKなら、君たち三人で、場所と日時を決めてくれないか〉

こんな内容のもので、三人の旧友への手紙はほぼ同じだった。

封筒もファックスで送られて来たが、間違いなく十八日の消印で、東京中央の文字も入っていた。

二村悠一の上司、織田が、二村に頼んで投函させた手紙も、京都と大阪からファックスで送って来た。

〈こんどの連休に、家族（妻と息子八歳）を連れて、京都―奈良へ行くことに決めました。京都へは、五月四日、五日に行く予定で、ホテルもとりました。その際、君とも旧交を温めたいので、どちらか都合のいい日に会えませんか？　もし、異存がなければ返事をください〉

これが京都からのもので、大阪からの手紙の写しには、次のようにあった。

〈先日は、誠に申しわけなく、汗顔の至りです。すべて私のほうが悪く、京子が怒るのも、もっともなのです。仕事が忙しく、それにかまけて家庭サービスが不足しているのは、わかっていたのですが、京子なら許してくれると甘えておりました。これからは、家庭サービスに努めるつもりですし、京子を連れて、近々、旅行に出かけようと思っております。ご心配をおかけして申しわけありませんでしたが、これを、雨降って地かたまるにしたいと思っております〉

橋田も、二村も、二人がいったとおりのことだった。

二村についていえば、会計課の人間たちの証言で、彼が上司の織田課長に頭があがらず、プライベートな面まで、いろいろと用をいいつけられていたらしいとわかった。

7

聞き込みによって、井本貢という男のことが少しずつわかって来た。

「二十九歳でまだ独身ですが、もてないわけじゃありません。ガールフレンドは何人もいるようですが、どうも特定の女がいるらしく、若い女とは深い仲にはなっていません」

と、西本刑事が報告した。

「同僚の評判は、あまりよくありませんね。一緒に飲みに行かないし、話もしない。お高くとまっているということです。同じ職場に仲のいい友人はいないんじゃないかと、いわれていましたね」

と、日下刑事。

「係長の給料は、せいぜい二十万ぐらいでしょうが、それなのに新車のポルシェを乗り廻しているそうです。さすがに会社へは乗って来ないようですが、住んでいるマンションも、東中野の高級マンションです」

と、清水刑事が報告した。

だが十津川は、こうして少しずつ、井本の人物像ができていくにつれて失望を感じ始めていた。

（違うのではないか？）

という気がして来たからである。

井本は給料以上の生活をしていて、同僚との折り合いが悪い男のようである。ガールフレンドはいるが、誰か特定の女がいるらしい。

こうした材料から推測されるのは、何か不正な匂いであって、殺人者の匂いではなかったからである。

亀井も同じことを感じたと見えて、十津川に、

「違うようですね」

と、いった。

「カメさんも、そう思うかね？」

「会社の金を使い込んでるか、金持ちの女性を欺しているか、そんなところじゃありませんかね。殺人犯というより、小悪党の匂いがして来ましたよ」

と、亀井はいった。

十津川は、部下の刑事たちに、改めて井本が会社の金を使い込んでいないか、或いはサギに近いことをしていないかの二点について調べるように、指示した。

十津川と亀井の危惧というか、推理は当たっていた。

井本は会社の金を使い込んでいるのでもなかったし、サギを働いているわけでもなかった。

女の金蔓を摑んでいたのである。彼が勤めているTQ造船の元重役で、現在、ファストフードのチェーン店のオーナーの奥さんが相手である。

五十歳の女性だった。

井本とは三年前からの関係で、ポルシェを買い与え、高級マンションの部屋代を払ってやっているのも彼女だった。

十八日に投函した手紙は、どうやら彼女宛だったらしい。

「女名前で出したんだと、井本はいっています。彼女との関係がばれてしまうのが怖くて、答えなかったといっています」

と、西本が十津川に報告した。

「やっぱり違っていたよ。カメさん」

十津川は、苦笑して亀井にいった。

「身体で隠すようにして投函したのも、不倫のせいですか」

と、亀井がいった。

「そうらしいね。宛名は当然、彼女の名前だから、それを見られるのが怖かったんだろうね」

と、十津川はいった。

「彼女のことで手いっぱいだとすると、地下鉄の車内で、若いＯＬを刺しているヒマはなかったでしょうね」

と、亀井はいったが、その顔に笑いはなかった。井本貢が犯人でないとすると、犯人がいないことになってしまうからだった。

「もう一度、残りの三人を調べ直してみますか？」

と、亀井がきいた。

「いや、共犯者のほうを洗ってみよう」

と、十津川はいった。

犯人は、東京駅前と中央郵便局前の二つのポストに分けて投函している。しかし、堀田以外に二つのポストに投函している人物はいない。

とすれば、もう片方のポストには、犯人が誰かに頼んで投函したことになる。

「だから、この三人に関係のある人間がもう一つのポストに投函していれば、その人物が共犯の可能性が出てくるんだよ」

と、十津川はいった。

橋田は東京駅前で投函しているから、共犯者は、中央郵便局前のポストを使ったろう。二村と服部は、中央郵便局前を使っているから、共犯者は逆に東京駅前のポストのはずである。

「私は、共犯者は恐らく女だろうと思います」

と、亀井はいった。

「なぜだね？」

「怪しいと思われる男は、全部、抜き出して調べ、この四人が浮かんで来たわけです。とすると、残るのは女ということになります」

「そうだな。同じ会社の女子社員が、何も知らずに、ただ頼まれて投函したことも考えられるね」

と、十津川はいった。

二つのポストに投函している女性も、ＯＬ風の感じの人が多いのは、やはり丸ノ内という地域のせいだろう。

彼女たちの写真を全部コピーして、もう一度、西本たちが、会社、官庁を廻って歩いた。

その中に、三田製薬、青葉工業、中村不動産のＯＬがいれば、問題の三人との結びつきが浮かんでくる。

大企業のＯＬが多かった。恐らく会社の社用の手紙を頼まれて、投函したのだろう。

問題の三社のＯＬは、一人だけ見つかった。

三田製薬のOLで、名前は生田《いくた》あい子、二十二歳である。しかも、橋田と同じ販売課の女子社員だった。

「ただ、彼女、三日前から会社を休んでいます」

と、西本が出先から十津川に電話をかけてきた。

「当の橋田は、何といってるんだ？」

と、十津川はきいた。

「十八日に、手紙の投函を頼んだことはないと否定しています」

「彼女の住所は？」

「目白のマンションです」

「すると、JRで通勤しているんだな？」

「そうです」

「そのマンションに行ってみる」

と、十津川はいい、亀井と二人、パトカーで目白に向かった。

8

中古のマンションだった。

１Ｋの部屋で、部屋代は月六万だという。

ひょっとして、生田あい子は殺されているかもしれないと、十津川は最悪の事態を予想していたのだが、彼女は部屋にはいなかった。

「そういえばこのところ、姿を見ませんねえ」

と、管理人は呑気《のんき》にいった。

十津川は、強引に管理人に部屋を開けてもらった。

きちんと整理された部屋だが、彼女はいなかった。部屋を荒らされた形跡もない。

壁には、上高地や伊豆高原などの写真が貼ってあった。

「旅行が好きなようですね？」

と、亀井が管理人にきいた。

「ええ。ときどき、おみやげを貰いましたよ」

「この男が訪ねて来たことはありませんか？」

十津川が橋田の写真を見せた。が、管理人は、

「見たことありませんね。男の人を見たことがないんですよ」

と、いう。

壁には、ハワイやグアムの写真も貼ってある。

気ままなＯＬで、海外旅行も楽しんでいたらしい。

「まさか、海外へ行ってしまったわけじゃないでしょうね？」

亀井が、眉をひそめていった。

「会社には届けが出てないんだ。休暇願いも出さずに、海外へは行かないだろう」

「そうなると、余計、心配になりますね」

と、亀井がいった。

二人は部屋の中を調べてみた。橋田隆との関係を示すようなものでもあればと思ったのだが、いくら探しても見つからなかった。

「橋田が持ち去ったんでしょうか？」

と、亀井がきく。

「いや、もともと何の関係もないのかもしれないね。ただ、何も知らずに十八日の朝、橋田に頼まれて手紙を投函したんじゃないかな」

と、十津川はいった。

「しかし、彼女がいないと証明できませんね」

「殺されていれば、永久に証言してくれないことになってしまうね」

「どうします？」

「これから水戸へ行ってみないかね？」

と、十津川は誘った。

二人は、そのままパトカーで水戸に向かった。

橋田が手紙を出した大学時代の友人三人に会うためである。

水戸に着くと、まず茨城県警本部を訪ね協力の礼をいったあと、橋田の三人の友人が待っているJR水戸駅近くの喫茶店に行った。

水戸の大学を卒業したあと地元の企業に勤めたのが二人、もう一人は、家業のレストランを継いでいた。

「実をいうと、突然、橋田から手紙が来てびっくりしているんですよ」

と、一人がいい、他の二人も肯いた。

「なぜ、びっくりしたんですか？」

と、亀井がきいた。

「大学を出たあと、橋田とはほとんど音信がなかったんですよ。もともと彼は自分本位で、つき合いにくい男でしたからね」

と、一人がいい、他の二人も肯いている。

「しかし、急に昔の友人に会いたくなったということもあるんじゃないですか？」

「それはわかりますが、それにしては、おかしいなと思ったことがあるんですよ」

と、レストランをやっている男がいう。

「何ですか？」

と、十津川がきいた。

「あの手紙ですよ。僕たち三人は水戸にいると、彼は知ってるわけですから、一通だけでよかったんです。文面は全く同じですからね。他の二人にもよろしく伝えてくれと書きそえれば一通ですんだんですよ」

「三人に別々に出したほうが、丁寧だと思ったんじゃないですか？」

と、十津川がきくと、三人は顔を見合わせて、苦笑した。

「そんな男じゃなかったですからねえ」

と、一人はいい、続けて、

「第一、僕と彼とは」

と、もう一人を眼で指《さ》して、

「隣り同士なんですよ。番地だって一番しか違わない。それなのに、わざわざ一通ずつ書いてよこすというのが、わからないんですよ」

「なるほど。隣り同士ですか」

「それに、同じ大学を出て水戸で生活しているのは、僕たち三人だけじゃありませんからね。他にも何人もいるんです。その連中には、なぜ出さなかったんですかねえ。一人に出して、他の連中にもよろしくと書いたほうが、ずっとよかったんじゃないですか。三人だけに出したんでは、他の連中はいい気はしないと思いますよ」

と、一人がいった。

確かに、そのとおりなのだ。とすると、橋田の本当の目的は何だったのだろう？

「それに――」

と、サラリーマンの一人が、

「わざわざ手紙をくれたんで、苦心して、橋田の電話番号を調べてかけてみたんですよ。会いたいのなら同窓会でも開こうと思いましてね。そしたら熱のない返事なんです。あの手紙は何だったんだろうと、腹が立ちましたよ」

と、いった。本気で憤慨している感じだった。

「橋田という人は、どういう人ですか？　友人としては、あまり歓迎できないというのは、わかりましたが」

と、十津川がきいた。

「ちょっと、気味が悪いところがあるんですよ、橋田には。それで、みんなが敬遠してるんじゃないかな」

と、一人がいった。

「気味が悪いというのは、どういうことですか？」

「突然、怒り出すことがあるんですよ。考えもしなかったことでね」

「例えば、どんなことですか？」

と、亀井がきいた。

「そうですね。学生時代にこんなことがありましたよ。五、六人で、夕食を一緒にしたことがあるんです。豪華なものじゃありません。一人、千五百円くらいじゃなかったかな。そのあと喫茶店で喋ってたんですが、橋田一人、黙り込んでるんです。どうしたんだって聞いたら、突然、怒り出したんですよ。何を怒ってるんだと思ったら、一時間も前にすませた食事のときの、店の主人の態度が横柄だったといって、それをずっと怒っていたんですよ」

「横柄だったんですか？」

「いや、他のみんなは、何とも感じませんでしたからね」

「特別な感性の持ち主だったようですね？」

「感性というよりひがみじゃないかな」

と、もう一人が冷笑気味にいった。

「ひがみですか」

「突然、橋田が、あいつを殺してやりたいと、真っ青な顔でいったことがあるんですよ。びっくりして誰のことだと聞いたら、毎日乗っている電車の駅員なんですよ。それが、自分を見る眼が軽蔑的だったというんですね。そんな眼には、どうしても思えなかったんですがねえ」

「なるほどね」

「僕だって、橋田に恨まれていたことがあったんですよ」

と、レストランの若主人がいった。

「どんなことです？」

「それが、バカげたことなんですよ。いつだったか、橋田と二人でコーヒーを飲みましてね。僕が持ち合わせがなくて、彼におごってもらったんです。礼をいって、次は僕がおごるよって、いったんです。それをつい忘れてしまいましてね。それまでに、僕がおごったこともありましたしね。ところが橋田はずっと、それを覚えていたんですよ。いつか僕が約束を守って、コーヒーをおごるだろうと、じっと待っていたというんですよ。それなら口に出していってくれればいいのに、一年間、じっと僕の態度を見守っていたというんですよ。一年間もですよ。その間、僕のことを約束を守らない奴だとか、ケチな奴だとか思っていたらしいんです」

「ふーん」

と、十津川は考え込んだ。

「あいつは内向するんですよ」

と、他の一人がいった。

「サッちゃんのことがあったじゃないか」

と、もう一人がいった。

「それを聞かせてくれませんか」

と、十津川が頼んだ。

「大学の近くに喫茶店があって、そこにサッちゃんという娘がいたんですよ。看板娘というのかな。僕たちが四年のときでしたね。突然、橋田がサッちゃんのことを殴ったんです。僕たちは呆然としたし、当のサッちゃんも、わけがわからずにびっくりしてましたよ。実は、橋田が勝手にサッちゃんのことを好きになっていて、それはいいんですが、彼女がそれに応えてくれないのを、なぜなんだ、なぜなんだと一月も二月も考え続けていたらしいんですよ。そのうちに、おれがこんなに思っているのに、それに見向きもしないのはけしからん、何という冷たい女なのだと、怒りが積もり積もって、突然、殴るという行為になってしまったんですよ。彼女にしてみれば、とんだ迷惑というところですよ」

「つまり、橋田さんは勝手に思い込んで、それに相手が応えないと、怒りが内向していくという人なんですね？」

「内向していくだけならいいんですが、それが突然、爆発するんですよ。相手はびっくりしますよ。途中が全くわかりませんからね」

「おれがこれだけ愛しているんだから、当然相手も、それをわかって応えるべきだというわけですね？」

「そうです」

「橋田という人がわかって来ましたよ」

と、十津川はいった。

第六章　対決

1

十津川は、いくつかのヒントと疑問を抱えて、亀井と東京に帰った。

「なぜ、橋田は、三通の手紙を水戸の友人に出したんだろう？」

と、十津川は呟いた。

「調べられたとき、十八日は友人に出したんだと、いい抜けるためだと思いますが」

「だが、なぜ三通なんだろう？　一通でも、二通でも、よかったと思うんだがね」

「そうですね。三通ということに、何か意味があったんでしょうか？」

「橋田が犯人とすれば、十八日に例の挑戦状を出したとき、一緒に今まで何の連絡もなかった友人三人に、なぜ突然、手紙を出したのか。その理由はカメさんのいうように、いざというとき、あのときは水戸の友人に手紙を出したといい逃れるためだろう。だが、その手紙が三通だったことにも、何か意味があるはずだと思うんだよ」

「三通ですねえ」

「カメさんが犯人だったら、どうするね？」

「犯人は、一人で投函したんじゃなくて、女の子にも頼んだわけでしたね？」

「そうだよ。多分、一人でたくさんの手紙を出したのでは、目立つからと思ったんだろうね」

「しかし、女の子に頼むと彼女の指紋が封筒についてしまいますよ」

と、亀井がいう。

十津川は、きらりと眼を光らせた。

「それだよ。カメさん」

「指紋ですか？」

「そうさ。女の子は何も知らずに、頼まれるままに手紙を投函した。が、カメさんのいうとおり、これでは封筒に彼女の指紋がついてしまうんだ」

「例の挑戦状ですが、十一通とも指紋は拭き消してありました」

「そうなんだよ」

「とすると、水戸の友人に出す手紙を利用して――？」

「挑戦状を、例の友人への手紙で挟んでしまえばいいんだ。そのまま女の子に持たせれば、上と下の封筒には彼女の指紋はつくが、中に挟まれた挑戦状の封筒には指紋はつかない。何通あってもね」

と、十津川はいった。

「なるほど」

と、亀井が肯いたが、

「それなら、二通でいいわけですが――」

「そのとおりだよ。だがそれだと、水戸の友人に書いた手紙の封筒には女の指紋だけがついてしまう。それで橋田は、自分の指紋がついた手紙も出しておく必要を感じたんだろう。それが三通目だったんじゃないかな」

「それを確かめてみましょう」

と、亀井はいった。

生田あい子のマンションから彼女の指紋を検出し、一方、水戸の三人から預かってきた、封筒についている指紋と照合してみた。

十津川が予想したとおり、二通から彼女の指紋が検出された。

もう一通には、彼女の指紋はついてなかった。

十津川は、橋田の指紋を彼の働いている三田製薬から持って来た。彼が書いた文書を借りて来たのである。その文書についている橋田の指紋を比べたところ、案の定、三通目の手紙から検出されたいくつかの指紋の一つに、ぴったりと一致したのである。

「やりましたね！」

と、亀井が喚声《かんせい》をあげた。十津川は、あまり嬉しそうな顔はせず、

「だが、これはわれわれの推理が正しかっただけで、橋田を地下鉄事件の犯人とは決めつけられないよ」

「証拠ですか？」

「そうだ。犯人だという証拠だ。水戸の友人三人に、橋田が生田あい子に頼んで手紙を投函させ、自分でも一通出したことは証明できても、橋田が連続殺人の犯人であることの証明にはならないし、挑戦状の主であることの証明にもならないんだ」

「しかし、警部。私は、橋田が犯人だと確信しましたが」

と、亀井がいう。

「私も同じだよ。だが証拠がない」

「奴を、ぴったりマークしましょう」

「それもいいが、彼はしばらくは千枚通しを握らないよ。彼は、自殺に見せかけて堀田を殺したんだ。犯人は自殺したと思わせるためにね。それを、自分でぶちこわすようなことはやらないだろう。しばらくは大人しくしているはずだ」

「警部。あとわずかしかありませんよ。わかっていらっしゃるんですか？」

「ああ、わかってる。私は一週間で犯人を捕えるといった。その一週間目が今日だということは知っているよ」

「新聞の中には、今度の事件の続報のあとに『あと×日』とつけ加えています」

「マスコミは、そういうことは好きだからな」

と、十津川は苦笑した。

「だから怖いんです。何とかしないと、警部は嚙み殺されますよ」

「しかし、尾行してもすぐに彼が尻尾を出すとは思えないからね」

「何とかしましょう、警部。何とかして、一刻も早く、橋田が犯人だという証拠をつかもうじゃありませんか」

「しかし、だからといってデッチあげは許されないよ」

「それはわかっています」

「橋田のところへ行って、お前が殺人犯だとわかっているのだというかね？」

「それも悪くありませんね」

「だが、そこで行き止まりだ」

「そうですが、じっとしているよりはいいと思いますよ。宣戦布告しておいて、相手の出方を見たらどうでしょうか？　相手がもし動けば、何か打つ手が見つかるかもしれません」

と、亀井はいった。

「今、何時かな？」

「午後六時です」

「すると、橋田はもう会社にはいないな」

「そうです。自宅に行ってみましょう」

と、亀井はいった。

二人は、橋田の自宅マンションを訪ねることにした。

橋田は自宅にいた。

十津川たちが来たことに、別に驚いた様子を見せず、

「今度は何のご用ですか？」

「実は、あなたにとって悪い知らせを持って来たんですよ」

と、十津川は、相手の顔をまっすぐに見つめていった。

「水戸の友人が亡くなったとでもいうことですか？」

橋田は、しらッとした顔できく。

「あなたが、例の地下鉄内での連続殺人事件の犯人とわかったんです」

「冗談でしょう？　悪い冗談だ」

「いや、われわれはこんなことで冗談はいいませんよ」

「参りましたね。なぜそんなバカなことをいうんですか？　冗談だとわかっているから告訴しませんがね」

「告訴してくださって結構ですよ。あなたは、千枚通しでＯＬを何人も殺しただけじゃない。堀田という男を自殺に見せかけて殺している。彼を犯人に仕立てるためにね」

「何のことか、さっぱりわかりませんね」

「わかっているはずですよ」

「私は、間もなく結婚するんですよ。妙な噂を立てられるのは困るんですがね」

と、橋田はいった。

「若いＯＬを何人も殺しておいて、同じ若い女と結婚できるんですか？　われわれの調べたところでは、あなたには結婚の話なんかないようですがね」

十津川は当てずっぽうにいったのだが、なぜか橋田の顔色が変わった。

「私は来年の春に結婚するんです。式場もちゃんと予約している」

「どこの式場ですか？」

「そんなこと、あんた方の知ったことじゃない！」

語気まで荒くなった。

「なるほどねえ」

と、十津川はいい、ニヤッと笑った。

「何が、なるほどなんですか？」

「あなたは、結婚を約束していた女性に裏切られた。多分、地下鉄の車内で知り合った若いＯＬだったんじゃありませんか？」

「――――」

突然、橋田は黙ってしまった。ひどく陰気な、それでいて殺気を感じさせるような眼になっている。

十津川は、そんな橋田に向かって、

「それであなたは、若いＯＬと地下鉄が憎しみの対象になったわけですか」

「帰ってください」

と、橋田は押し殺したような声を出した。

「生田あい子はどうしたんですか？」

と、亀井がきいた。

「そんな女は知りませんよ」

「橋田さん。彼女は、あなたと同じ販売課の女子社員ですよ」

「ああ彼女ね、だが、何も知りませんよ」

「口封じに殺しましたね？」

「バカな」

「彼女も電車で通っている若いＯＬだ。考えてみれば、あなたの憎しみの対象の一人だったんだ。違いますか？」

「憎しみの対象だとか何だとか、わかりませんね。とにかく帰ってください」

「われわれが帰ったあと、千枚通しを持って地下鉄に乗るんですか？　それとも明朝のラッシュアワーまで待ちますか？」

十津川は、わざと挑発的ないい方をした。

橋田の顔が朱くなった。

「それ以上侮辱すると告訴しますよ」

「若いＯＬが、あなたを侮辱したわけですね？　地下鉄に乗るＯＬが」

「黙れ！」

と、とうとう橋田が怒鳴った。

2

「これを持って地下鉄に乗ると、すっきりするんじゃありませんか」

十津川は、持って来た千枚通しを橋田の前に置いた。

十津川は、そのまま亀井と外に出た。が、道路に出たところで、二人は立ち止まり、橋田のマンションを振り返った。

「橋田はどうしますかね？」

「わからんね。何もしないかもしれん。じっと動かなかったら打つ手がないよ」

と、十津川はいい、パトカーに戻ると、無線電話で西本刑事を呼び出した。

マンションのほうを見ながら、

「生田あい子の消息は、まだつかめないか？」

「彼女の家族や友人に、片っ端から電話してみたんですが、誰も消息を知りません。それから、国外へ出た様子もありません」

「引き続いて当たってみてくれ」

と、十津川はいった。

「彼女、見つかりませんか？」

と、亀井がきく。

「ああ。消された可能性大だね。奴に先手を打たれたのかもしれない」

「あの男が、そんなにうまく、次々と手を打てたとは考えられませんね」

「しかし今のところ、われわれがどうしようもなくなっているよ」

「私は、どこかでボロを出していると思うんです」

「だが、どこでだね？」

「わかりませんが、当人は気付いているはずです。われわれが犯人だと決めつけたことで、あわててそのミスを直そうとして動くかもしれませんよ」

「そうなら嬉しいがね」

と、十津川がいったとき、亀井が急に、

「奴ですよ！」

と、小声でいった。

なるほど、マンションの入口に、橋田が現われたのだ。

コートを着て、両手をポケットに突っ込んでいる。

いかにも、ポケットの中でしっかりと千枚通しを握りしめているという感じだった。

橋田は周囲を窺《うかが》ってから、肩をすぼめるようにして、地下鉄の駅に向かって歩き出した。

十津川と亀井は、彼のあとに続いた。十津川は、橋田の眼の前に千枚通しを置いて来た。それを見ているうちに、橋田の胸の中で、若いＯＬを刺したいという欲求がふくれあがって来たのではないか？

それなら現行犯逮捕できるかもしれない。もちろん、橋田が刺そうとした寸前、手錠をはめてしまえばいいのだ。

橋田は、定期を見せてホームに入っていく。

ラッシュアワーではないので、ホームも閑散としている。

十津川と亀井は、橋田から離れた場所に身を隠し、様子を窺った。

橋田は、しきりに周囲を見廻している。

刑事がいないか気にしているのだろう。

電車が入って来たが、橋田は車内を注意深く見て、やり過ごした。

「何をしているんでしょう？」

小声で、亀井がきいた。

「物色しているんじゃないか。獲物になるような若いＯＬがいるか、混み具合はどうか、見ているんだろう」

と、十津川はいった。

二本、三本と、やり過ごしてから、橋田は四本目の電車に、やっと乗り込んだ。

この時間にしては混んでいた。空いた席はなく、立っている乗客も多かった。確かに、全員が腰を下ろしていたのでは、背後から千枚通しで刺すことは不可能である。

十津川と亀井は、乗客をかき分けるようにして橋田に近づいた。

橋田は、じっと一人の若い女の背中に眼をやっている。

彼女は二十歳ぐらいだろう。ブルゾン姿で、イヤホーンで何か音楽でも聞いている。

ＯＬというより女子大生の感じだった。

後楽園—本郷三丁目と停車したが、橋田は動かない。

次は御茶ノ水である。

ブルゾン姿の娘が、出口のほうに身体をずらせて行った。それに応じて、橋田も身体を動かした。

十津川が亀井に目配せした。

（やるかもしれないぞ）

間もなく駅に着く。急に橋田が、ポケットに突っ込んでいた右手を出した。何か細いものを手につかんでいる。

電車がホームに入り、ドアが開く。

橋田の右手が動くのと、亀井が飛びつくのと同時だった。

二人はホームに転がった。

ブルゾンの娘は、びっくりした顔でホームに立っている。五、六人の乗客が、ホームに転倒している二人を何事かという顔で見ている。

「逮捕する！」

と、亀井が叫んだ。が、橋田の手元を見て、十津川は、

（失敗《しま》った！）

と、思った。

橋田が右手に握りしめていたのは、千枚通しではなく万年筆だったからである。

橋田はニヤッと笑って、ゆっくり立ち上がると、亀井に向かって、

「いったい何事なんです？　地下鉄に乗っていると逮捕されるんですか？」

「――」

亀井は、絶句して顔を朱くしている。

「公衆の面前で、恥をかかせないでくださいよ」

と、追い打ちをかけるように橋田がいった。

「なぜ電車の中で、急に万年筆を取り出したりするんだ！」

亀井が怒鳴った。

橋田は、「これですか？」と、パーカーの万年筆をわざと亀井の鼻先に突き出すようにして、

「電車の中で、万年筆をどこに入れたかなと、ずっと考えていたんですよ。それがコートのポケットにあったんで、ああと思って取り出したんですが、いけませんでしたか？」

「なぜ、降りしなにそんなことをしたんだ？」

「いつだっていいじゃないですか？　皆さん、注意したほうがいいですよ。電車の中で

万年筆を手に持つと警察に捕まるそうですよ。何という罪なんですか？　刑事さん」

橋田はニヤニヤ笑いながら、自分を取り巻いている人垣に向かっていった。クスクス笑い出す若者がいた。

亀井がむきになって、橋田に何かいいかけるのを、十津川は止めた。

「カメさん、してやられたんだ。引き揚げよう」

と、いって反対側のホームに行き、入って来た電車に乗った。

ドアが閉まる。

十津川は、こちらを見ている橋田に眼をやった。

電車が動き出したが、橋田は、じっと睨むように十津川のほうを見すえていた。

3

捜査本部に戻る途中で、亀井は何度も「畜生！」と、小さく繰り返していた。

「奴は、最初からわれわれを引っかける気だったんですよ」

「そうだろうね。それに、まんまとわれわれが引っかかったんだ」

と、十津川は苦笑した。

「あれだけ馬鹿にされて、どうすることもできないというのは腹が立ちますねえ。何とかなりませんか？」

亀井は、いまいましげにいった。

「今は、何にもできないよ。証拠がない」

と、十津川はいってから、

「カメさんは気付かなかったかね？」

「何をですか？」

「われわれが、電車に乗って逃げ出したときだよ。橋田は、じっとわれわれを見ていた」

「そうなんです。さぞ得意気に笑っているだろうと思っていたんですが、こっちを、凄《すご》い顔で睨んでいましたね」

「そうさ。奴は自分が侮辱されたと思っているんだ。われわれが彼を犯人と決めつけ、千枚通しを置いて来たからね。奴の性格から考えて、猛烈にわれわれを憎んでいるはずだ。だから、さっきのことぐらいじゃ奴の傷ついた心は癒やされないんだ。侮辱されたからといって、千枚通しで若いＯＬを刺したほどの人間だからね」

「しかし、まさかわれわれに向かって、千枚通しを握っては来んでしょう？」

「そうしてくれれば捕まえるのが楽だがねえ」

と、十津川はいった。

「すると、奴は次に何をすると思いますか？」

亀井が、じっと十津川を見た。

「一つ、想像していることがあるんだよ」

と、十津川はいった。

「何ですか？」

「私が、さっき奴の眼の前に千枚通しを置いて、これを使ったらどうだといってやった」

「はい」

「当然、あの千枚通しの柄の部分には、私の指紋がついている」

「はい」

「奴も自宅に帰ったら、それを考えるはずだよ。そして、われわれに対して、いちばん気持ちのいい復讐の仕方は何だろうかと考える。千枚通しを見ながらね」

「警部の指紋のついた千枚通しで、ＯＬを刺すことですか？」

「そうだ。奴なら、まずそれを考えるだろうと思う。私をなぜ憎むのかわからないが、私を連続殺人の犯人にするのが、もっとも効果的な復讐だと思うだろうからね」

「それなら、ずっと私が警部の傍にいますよ」

「アリバイか？」

と、十津川は笑った。

「そうです。私がアリバイの証人になります」

「刑事仲間の証言じゃ、裁判で役に立たんだろう」

「じゃあ、どうします。奴にべったり尾行をつけますか？」

「奴にしてもジレンマはあるわけだよ。奴は堀田を犯人に仕立てて、自殺に見せかけて殺した。また一人、若いＯＬを殺すのは犯人自殺説を覆すわけだからね」

「それと、うまく刺さないと、千枚通しの柄には、警部の指紋の上にべったり奴の指紋がついてしまいます」

と、亀井がいった。

「それもあるから、奴は考えてから行動に出るんじゃないかな」

と、十津川はいった。

捜査本部に戻ると、日下刑事が駆け寄って来て、

「死体が見つかりました」

と、興奮した口調でいった。

「生田あい子の死体か？」

十津川がきく。

「彼女と思われる死体です。場所は豊島園《としまえん》近くの雑木林の中です」

「すぐ行こう」

と、十津川は亀井とパトカーを飛ばした。

すでに、周囲は暗くなっている。昼間、家族連れで賑わった豊島園も、今は暗く静かである。

問題の雑木林も闇の中に沈んでいた。

その奥で懐中電灯が、五つ、六つとゆれ動いている。

十津川は亀井と、朽《く》ちた落ち葉を踏みしめるようにして、その明かりのところに近づいた。

初動捜査班の刑事たちが、若い女の死体を取り囲んでいた。

「背中を刺されているよ」

と、初動捜査班の坂口《さかぐち》警部が、十津川にいった。

「千枚通しか？」

「多分そうだろうね。息の根を止める気で、三カ所も刺している」

「生田あい子に間違いないのか？」

「顔を見てみろよ。手配の写真にそっくりの顔をしてるよ」

と、坂口はいった。

土を浅く掘って埋められていたという。

「発見者は？」

と、十津川がきいた。

「この雑木林の持ち主だよ。犬がやたらに吠《ほ》えるのでここまで入ってみたら、犬の掘ったところから人間の手がのぞいていたと、いっている」

「それで、凶器の千枚通しは見つかったのか？」

「いや、どこにもないよ」

と、坂口はいった。

「橋田がやったに決まっていますよ」

亀井が声をふるわせるようにしていった。地下鉄での屈辱感が、まだ亀井を捕えているのだ。

「ああ、わかっている」

と、十津川は呟いたが、そのままじっと考え込んでいた。

「君たちに引き継いで、われわれはそろそろ引き揚げるよ」

初動捜査班の坂口が、十津川にいった。

十津川は、はっとした顔になって坂口を見てから、

「死体は埋められていたんだね？」

「ああ、そうだよ」

「元どおり埋めてくれないか」

「何をいってるんだ？　死体を解剖しなきゃならんだろう？」

「考えがあるんだ。それに発見者にも黙っておいてもらいたい」

「何を考えているのかわからないが、それは引き受けた」

と、坂口はいった。

刑事たちは懐中電灯を頼りに、生田あい子の死体を埋め直した。

「すべてを、元どおりにしてくれよ」

と、十津川は念を押した。

初動捜査班の連中が作業を了《お》えて引き揚げたあと、十津川は現場に残って、もう一度点検した。

落ち葉も散らしておかなければならない。

「何を考えておられるんですか？」

と、亀井が小声できいた。

「一か八かの罠をかけようと思っているんだよ」

と、十津川はいい、周囲に多数の人間の踏み込んだ跡が消えているのを確かめてから、亀井と雑木林を出た。

パトカーに戻ると、十津川は無線電話で、暗視レンズをつけたビデオカメラとカメラを至急、持って来てくれるように、捜査本部に連絡した。

そのあと、車のライトを消した。

「橋田が、ここへ来るとお考えですか？」

と、亀井が小声できいた。

「普通なら近寄りもしないと思う。しかし、橋田は今、誘惑にかられているはずだ。私の指紋のついた千枚通しが眼の前にある。それを死体の傍におけば、私を連続殺人の犯人にできるかもしれないという誘惑だよ。もしそうなれば、橋田の完全な勝利だ。そして彼が、生田あい子の死体がここに埋まっていて、まだ発見されていないこと、背中を千枚通しで刺して殺したことを思い出してくれればと思うね」

と、十津川はいった。

一時間ほどして、日下と清水の二人が車で到着した。

「例の郵便ポストを撮ったときのビデオカメラ二台と、カメラを持って来ました。それと双眼鏡です。どちらも暗視レンズがついています」

と、日下がいった。

「よし、君たちも双眼鏡で雑木林を見張っていてくれ」

と、十津川はいった。

日下は、「わかりました」と肯いてから、

「西本刑事からの伝言があります。どうやら警部の考えられたとおり、『サン』の現在の重役のほうがニセモノのようで、証拠をつかみかけているといっていました」

「そうか。やはりね」

と、十津川は微笑した。拘置所で、あの男の話を聞いているうちに、彼が嘘をついていないと確信したのである。

(それにしても、殺人事件の犯人にされてもいいから自分を証明したいというのは、どういうことなのだろうか?)

とも思った。幸か不幸か十津川は、自分が十津川省三《しょうぞう》であることを証明できないという立場に立たされたことがない。

「警部」

と、亀井にいわれて、十津川は我に返った。

「どうされたんですか?」

「いや、私が私でなくなったら、どんな気分のものかと思ってね」

と、十津川はいった。

「雨が降り出しました」

と、亀井がいった。

4

十津川は腕時計に眼をやった。車内の明かりも消してある。針の先に塗られた夜光塗料が午後十時五十分を示している。

今ごろ、橋田は何をしているだろうか？

もう、とっくに自宅マンションに帰っているだろう。帰って、テーブルの上にのっている千枚通しを見つめているのではないか。

十津川が置いていったものだから、かッとして投げ捨ててしまったら、この張り込みは無駄なのだ。

十津川の指紋がついていることに気付いて、悪知恵を働かせてほしい。そうだ。ここに生田あい子の死体がある。死体の傍に、その千枚通しを置くことを考えろ！

三上本部長が無線電話をかけて来た。

「各紙の記者から、じゃんじゃん電話が掛かっているよ。今日が約束の日だといってね。今日じゅうに犯人が逮捕できないときは、君がどんな責任をとるつもりなのか教えろといっている」

「辞表は部長の机の上に置いておきましたから……」

と、十津川はいった。

夜が明けてしまった。が、とうとう橋田は現われなかった。

二日目の午後六時を過ぎると、十津川は亀井に、

「奴を焚《た》きつけてくる」

と、いってパトカーを降り、近くの公衆電話まで歩いて行った。

橋田の自宅の電話番号にかけた。

すぐには相手は出なかった。なおも鳴らしていると、やっと「もし、もし」という用心深い橋田の声が聞こえた。

「何を怖がってるんだ？」

と、十津川はいきなり先制攻撃をかけた。

「誰なんだ？」

「私だよ。十津川だ。すぐ殺人犯として逮捕してやるから、首を洗って待っているんだな。それから生田あい子をどうしたんだ？　口封じに殺したのか？　この件も必ず解決してみせるからな」

「何のことをいってるのか、わからないね」

と、橋田がいう。

「すぐ逮捕してやるということさ。間もなくだ。地下鉄には刑事が乗り込んで、お前さ

んが来るのを待ってるぞ」

十津川は、それだけいって電話を切った。

亀井の待っているパトカーに戻る。周囲は、少しずつ暗くなっていくところだった。

「反応は、どうでした？」

と、亀井がきいた。

「わからんね。とにかく怒らせたとは思うが、その結果、奴がどう出るかわからないんだ。私を殺人犯にしてやろうと考えてくれると有難いんだがね」

と、十津川は祈るような気持ちでいった。

雨は降っていないのだが、それでも月が出ず、暗い夜になった。

十津川は、暗視用の双眼鏡で、雑木林とそれに通じる道路を見すえた。

車が一台、ゆっくりと通り過ぎて行く。反対方向からトラックが二台、連なる形で轟《ごう》音《おん》をひびかせてやって来た。

そのあとは、しばらく何の姿も見えない。

また、車が通過して行った。埼玉ナンバーの車である。

十津川の胸に不安が生まれてくる。

電話で、十津川は橋田を脅した。地下鉄で、お前が来るのを待ってるぞとである。橋田が、それなら他で十津川を出し抜こうと考えるのではないかと思ったからである。

だが、橋田が意地になって再び地下鉄で若いＯＬを狙ったら？　部下の刑事たちを引き揚げさせてしまっているから、万事休すになる。

午後十一時になっても橋田の現われる気配はなかった。

午前〇時を過ぎると、通過する車の数もめっきり減ってくる。

車が一台やって来た。が、そのまま通り過ぎて行く。

「警部。さっきの車が引き返して来ます」

亀井が、緊張した声でいった。

彼のいうとおり、同じ白のコロナがゆっくり引き返してきた。ナンバーが同じだった。

十津川は、双眼鏡を眼に押しつけるようにして、その車を凝視した。

「橋田の持っている車のナンバーとは違うな」

「盗難車かもしれません」

と、亀井がいったとき、その車が雑木林の前でとまった。

亀井も口を閉ざして、じっと双眼鏡で見つめた。

車はとまったものの、いっこうに人が降りて来る気配がない。車内は暗く、乗っている人間の顔ははっきりしなかった。

五分、十分と、時間が経過していく。

根比べみたいなものだった。

急にドアが開いて、人間が一人、車の外に出て来た。

背恰好は橋田に似ている。が、顔ははっきりしない。ブルゾン姿の男である。

男は雑木林の中に入って行った。が、二、三分するとすぐ出て来た。

（小用《しょうよう》を足したのか）

と、十津川ががっかりしていると、今度は軍手をはめ、車のリア・シートから何か持ち出した。

「スコップですよ」

十津川の耳元で、亀井が囁《ささや》いた。

十津川は、双眼鏡の焦点を必死になって合わせた。

暗視装置付きなので、全体に、ブルーになっている。

人間が何かうごめいている感じに見える。

「橋田だ」

と、十津川は呟いた。

亀井はトランシーバーを取って、雑木林の奥にかくれている日下と清水に向かって、

「そちらへ行くぞ。用意しておけ」

と、指示を与えた。

そうしている間に、橋田はスコップを左手に持ち、右手に懐中電灯を持って、雑木林

の中に入って行った。

「行ったぞ。ビデオカメラをスタンバイしておけ」

と、亀井がトランシーバーで命令した。

橋田の手にした懐中電灯の明かりが、ちらちら見えかくれしながら、雑木林の奥に遠ざかっていく。

「来ました」

と、日下の声がトランシーバーに入ってきた。

十津川が、トランシーバーを手に取って、

「しっかりとビデオに撮ってくれよ。それが頼りだからな」

と、念を押した。

「大丈夫です。二台で撮っています」

「今、何をしている？」

「現場に来て、懐中電灯で地面を照らして見ています」

「異状がないかどうか調べているんだ」

「今、屈み込んで、軍手をはめた手で掘っています」

「スコップは使わないのか？」

「傍に突き立てたままで、全く使いませんね」

「なぜスコップを使わないんだ？」

「わかりません。いぜん、手で掘っています」

「わからんなあ」

「何か出て来ました。女の腕です」

「まだ掘ってるのか？」

「いや、掘るのはやめました。ブルゾンのポケットから、何か大事そうに取り出しました。何か小さなものです」

「千枚通しじゃないのか？」

「ああ、そうです。それで女の腕を刺しました」

「血をつけているんだ」

「そのようです。今、千枚通しを投げ捨てました」

「私の指紋のついてる千枚通しだよ」

「また、両手で埋め直しています」

「スコップは、いぜんとして使わずか？」

「はい。奴は作業をすませて、帰って行きます」

「スコップは？」

「置き忘れています。どうしますか？　逮捕しますか？」

「いや、どうするか様子を見よう」

と、十津川はいった。

雑木林の奥から懐中電灯の明かりが出て来た。

橋田が出て来たのだ。

亀井が、暗視カメラで何枚も橋田を撮っている。

橋田が車に乗り込む。

「警部！」

と、急に日下の声が、トランシーバーに飛び込んできた。

「何だ？」

「例のスコップですが、『十津川』とペンキで書いてあります」

「私の――」

と、いってから、「ああ」と肯いた。

「奴が私の家に寄って盗み出して来たんだ」

「どうします？　そちらに持って行きますか？」

「触るな。そのまま戻って来い！」

と、十津川は怒鳴った。

橋田の車は、もう走り去ってしまった。

5

夜が明けると、すぐ豊島警察署に匿名の電話が入った。

豊島園の裏の雑木林に、若い女の死体が埋められているという電話だった。

すぐ豊島署の警官がパトカーで駆けつけ、死体を掘り出した。

十津川はその報告を受けると、日下と清水の二人に用意しておいた逮捕状を渡し、橋田を逮捕してくるようにいった。

橋田は青い顔で連れて来られると、十津川に食ってかかった。

「これは何の真似ですか？　犯人が逮捕できないからといって、やみくもに私を逮捕することはないでしょう？　弁護士を頼んで告発しますよ」

「今日、豊島園近くで、生田あい子さんの死体が発見されましてね」

と、十津川はいった。

橋田の表情が動いた。何かを期待する顔だった。

十津川はかまわずに、

「あなたが殺して、埋めたんですね？」

「バカなことを！　私は関係ない」

「しかし、あなたは埋められている場所を知っていたんじゃありませんか?」

「とんでもない!」

「じゃあ、これを見ていただきましょうか」

十津川はテレビを持って来させ、深夜撮ったビデオテープをかけた。

暗視カメラが、はっきりと橋田をとらえていた。

雑木林の奥にスコップと懐中電灯を持って入って来る橋田。アップにすると、緊張したその顔がはっきりとわかる。

スコップを立て、軍手をはめた両手で必死に土を掘る橋田。

やがて、女の両手が土の中から出てくる。

ブルゾンのポケットから千枚通しを取り出し、慎重な手付きで土から出ている女の腕に突き刺す橋田。その顔が、緊張で引き攣《つ》っている。

血をつけた千枚通しを、そっと死体の傍に転がす橋田。——

突然、橋田が泣くような呻き声をあげた。

「やめてくれ!」

と、橋田がいった。

十津川はビデオを止め、改めて橋田を見すえた。

橋田は、小さく身体をふるわせていた。それは、まんまと十津川の罠にはまってしまったことへの屈辱なのか、それとも自分が殺した女たちへの恐れなのか、わからなかった。

十津川は煙草を取り出すと、黙って橋田に勧めた。

橋田はそれを口にくわえたが、火をつけてから、指がふるえて持っていることができず、灰皿に捨ててしまった。

十津川にとって、少し意外だった。もっとふてぶてしく振舞うと思っていたのである。

（本当は小心な男なのか？）

と、思いながら、十津川はじっと橋田を見た。

「もう喋れるかね？」

と、十津川は声をかけた。

橋田は、青い顔で十津川を見た。

「何を喋ればいいんですか？」

「すべてを話してもらいたい。なぜ、若いＯＬを千枚通しで刺したのか？　なぜ、この私に挑戦状を送って来たのか？　その理由を話してもらいたいね」

と、十津川はいった。

「動機？」

橋田は、ひとごとみたいに口の中で呟いた。

「そうだ。君は、なぜ地下鉄の車内で、若いＯＬを千枚通しで刺したんだ？」

と、十津川は、もう一度きいた。

「何といったらいいか――」

橋田は眉を寄せ、うまい言葉が見つからないというように眼をぱちぱちさせてから、

「いつからか覚えてないが、急に若い女と意思の疎通《そつう》ができなくなってしまったんだ。あれしてくれ、これしてくれというのはできる。女もそのとおりやってくれる。生田あい子がそうだ。手紙を頼めば出してくれるし、お茶といえばいれてくれる。だが、何というのか、感情が通じ合わない。他の女も同じだ。だんだん腹が立って来て、地下鉄の中で思わず千枚通しで眼の前にいた若いＯＬの背中を刺したんだ」

「それで？」

「相手は悲鳴をあげたよ。そのときおれは、刺した女とやっと意思が通じたと思ったんだ」

「もったいぶったことをいってるが、要するにＯＬに振られたんで、その腹いせに千枚通しで刺した。それだけのことじゃないのかね？」

と、亀井がいった。

橋田は、最大の侮辱を受けたという顔で亀井を睨んだ。

「あんたになんて、おれの気持ちはわからないんだよ。おれは、千枚通しで女の背中を

刺すことでしか、彼女たちと意思が通じ合えなくなってしまったんだ。だから何人でも刺したんだ」

「つまり、若いＯＬの悲鳴を聞くのが楽しかったということなんだろう？」

と、亀井が決めつけるようにいった。

「勝手にしたらいい。どうせ、おれは死刑になるんだろう？」

橋田は十津川を見た。

「今、いったことは本当なのかね？」

と、十津川はきいた。

「何が？」

「若い女、ＯＬを、千枚通しで刺すことでしか君の気持ちが通じなかったということだよ」

「ああ、そうだ」

「バカなことをいうなよ」

と、亀井が怒った。が、橋田は表情を変えずに、

「バカなことかもしれないが、本当なんだ」

「婚約者にも振られた。裏切られた。それが動機なんじゃないのか？　婚約者も若いＯＬだった。だから、ＯＬ全体が憎くなって、ねじ曲がった復讐心が生まれたんだ。そう

なんだろう？」

亀井が、執拗《しつよう》に迫った。

橋田は相変わらず同じ表情で、

「あんたのいうとおり婚約者に振られたよ。癪《しやく》に障《さわ》ったから他のＯＬにも声をかけたが、相手にされなかった。それは本当だ。だから、カッとして刺したんだといわれても仕方がないが、今、おれがいったことも本当なんだ。ある日突然、いや、本当はずっとそうだったのかもしれない。おれは、彼女たちと感情が通じなくなってしまったんだよ。おれを見るときの眼は、まるで死人を見るみたいなんだ。ただ、おれが千枚通しで彼女たちを刺した瞬間だけ、感情が通じるんだよ。彼女たちの痛みや、恐れや、驚きが、ストレートにおれに伝わってくるんだ」

「だから、一人、二人と刺していったというのか？」

「おれの気持ちなんて、わからないだろうね？」

と、橋田がきいた。

「わからんよ。わかりたくもないね。殺された若い女たちは、君に何をしたわけでもない。それなのに君は殺したんだ。一言でいえば罪もない女性たちをだよ」

亀井がいった。

「感情の通わない女は、死んだほうがいいんだ」

と、橋田がいった。それは悲鳴に近い声だった。

6

「橋田の話をどう思われますか？」

と、亀井が取調室を出たところで、十津川にきいた。

十津川は、「そうだねえ」と慎重ないい方で、

「何となくわかる気もするんだよ。子供のときだが、周囲の大人が全部、敵に見えたときがあった。まるで宇宙人と話しているみたいに話が通じなくなってね。大人はみんな死んでしまえばいいと思ったことがあったよ」

「しかし、それは子供のときだけのことでしょう？」

「幸いにしてね。だが私だって、いつ周囲の人間と意思が通じなくなる瞬間が来るかもしれない」

と、十津川はいった。

「だが、警部はそのときでも人は殺さないと思いますよ」

と、亀井はいい、すぐ付け加えて、

「とにかくあの男は、何人もの女性を殺しているんです。動機が何であれ、極悪犯罪で

あることに変わりはありません」

と、いった。

亀井の倫理観でいえば、橋田があれこれいっているのは、所詮《しょせん》は悪あがきでしかないのだろう。

「もう一つ、あの男がなぜ私に挑戦的だったか、その理由を知りたいんだがね」

と、十津川はいった。

「橋田は、その件については何もいいませんでしたね」

「いや、二度いったよ。本当に知らないんですか？　本当に覚えていないんですかとね」

「ああ、そうでしたね。そのあと黙り込んでしまったんでした」

と、亀井も肯く。

十津川は煙草に火をつけ、窓の外に眼をやった。

橋田のいった言葉は、いったい何だったんだろう？

「警部は本当に、あの男に前に会われたことがないんですか？」

と、亀井がきいた。

「ずっとあの男のことを考えているんだがね。前に会った記憶がないんだよ。顔にも声にも覚えがない」

と、十津川はいった。

「すると、橋田の片想いということかもしれませんね」

と、亀井がいう。

十津川は、「え？」と亀井の顔を見て、

「片想い？」

「そうですよ。何かで、あの男が警部を尊敬していたのかもしれません。難事件を解決したときは、警部の名前が出たり、テレビ局がインタビューに来たことがありましたからね。それであの男は、警部に惚れたのかもしれません」

「おい、おい、カメさん。男、それも殺人犯に惚れられたって仕方がないじゃないか」

と、十津川は苦笑した。

亀井は、そんな十津川に向かって、

「しかし、警部は橋田に全く記憶がないんでしょう。それなら、向こうが一方的に警部を尊敬していたか、惚れていたのに、警部が全くそれに気付かなかった。それに対して、彼は無視されたと考えて腹を立てた。そういうケースしか考えられませんよ」

「そういわれてもねえ」

十津川は、また考え込んでしまった。

「私が調べてみましょう」

と、亀井がいう。

「しかし、何を調べるんだ？」

「それは、私に委《まか》せてください」

7

亀井が何を調べているのか、十津川にはわからなかった。

二時間ほどして戻って来ると、亀井はニッコリして、

「やはり、ありましたよ」

「何があったんだ？　カメさん」

「これです」

亀井は部厚い封書を十津川の前に置いた。

表の宛名は、警視庁捜査一課、十津川警部様になっていて、差出人の名前は橋田だった。日付は去年の十月である。

「私は、こんな手紙の来ていることは知らなかったよ」

十津川は、眉を寄せて亀井を見た。

「知らないのが当然です。受付で、警部に見せても仕方がないので抑えてしまったんで

す」

「しかし、なぜ？」

「一つは、警部がそのとき大きな事件を抱えておられたことと、もう一つは中を読んでごらんになればおわかりになりますが、つまらないことを頼んで来ているんです。捜査一課の仕事でも何でもないんです」

と、亀井はいう。

十津川は、ともかく中を読んでみることにした。

便箋数枚に、細かい字でびっしり書いてあった。


〈突然、お手紙を差しあげる失礼を、お許しください。実は、十津川さんが、先日テレビで連続殺人事件捜査の話をされたのを見て、その温かい人柄に引かれて、この手紙を書く気になったのです。どうか私の力になってください。

私は、現在、中古の車を一台持っていますが、自宅に車庫がないので近くの駐車場を借りています。その駐めてある車の中から、ひんぴんと物が盗まれるのです。ハンカチ、カメラ、万年筆、ボールペン、書籍と、際限がありません。駐車場の管理人と経営者に、強く抗議するのですが、冷笑して全く取り合ってくれません。

私は、自分のことだけで腹を立てているのではありません。こうした危険な駐車場と怠慢な経営者が存在することは、何百万、何千万というオーナードライバーにとって、大きな不利益になるという公憤からなのです。

その後も、車内からの盗難が続くので、私は告訴も辞さないと、もう一度、強く経営者に抗議しました。私が要求しているのは、今までに盗まれた品物の補償と、駐車場の警備の強化の二点だけなのです。最小限の要求と思われませんか？

ところがです。あろうことか経営者は、私に対する嫌がらせに、駐めてある私の車の車体に引っかき傷をつけたのです。経営者は知らぬ存ぜぬといいますが、絶対に、嫌がらせで傷をつけたに違いありません。

このままでは、次は私自身に対して何かされるかもしれません。私は堪忍袋の緒が切れ、近くの派出所に助けを求めました。警察は市民の味方だからと思ったからです。

ところが、ここでも私は見事に裏切られてしまったのです。

派出所の警官まで、向こうの味方になってしまい、私を非難するのです。私が調べたところ、駐車場の経営者は区会議員のＡ氏と親しく、そのＡ氏が派出所にも手を廻したものと思われます。警察も権力の味方なのです。

こんなとき、十津川さんの記者会見を拝見したのです。

失礼ですが、この人こそ本当に頼れる人と確信しました。私には、もう他に信頼できる人がいないのです。

お忙しいとは思いますが、ぜひ、こちらに来て、この陰謀に満ちた事件を一刀両断に解決してください。

必ず、必ず、そして一刻も早く、私を助けに来てくださるよう、お願いいたします〉

8

十津川は、眼をあげて亀井を見た。

「この手紙の内容なんだが――」

「それは、問題の派出所に連絡して聞いてみました」

と、亀井がいう。

「それで？」

「事実は逆ということでした」

「逆？」

「そうです。橋田のその手紙によると、車内からひんぴんと物が失くなったので経営者に抗議すると、今度は嫌がらせに車体に傷をつけられたと書いてありますが、それが事実は逆だというのです」

「車体に傷がついたのが先だというのかね？」

「そうなんです。橋田は日曜日にしか車に乗らないんですが、駐車場から出るとき、入口のポールにぶつけて車体に傷がついてしまったんですが、これは、こんな駐車場を作っている経営者の責任だから弁償しろと要求してきたんだそうです」

「それで？」

「経営者のほうは、運転が未熟なせいだと主張してもめていると、今度はその駐車場にとめている車の中から毎日のように物が盗まれると、苦情をいい出したんだそうです。経営者にいわせると、これこそ完全な嫌がらせというわけです」

「橋田の一人芝居ということかね？」

「何しろ、その駐車場は三十台の車が入っているんですが、車内から物が失くなるのは橋田の車だけなんだそうですからね。それに、車の窓ガラスは割られていないし、ハンカチみたいな安いものを、わざわざ車内から盗む人間なんか考えられないというんですよ」

と、亀井がいった。

「派出所の警官に訴えたというのは本当なのかね？」

と、十津川はきいた。

「本当です。派出所には二人の警官がいるんですが、ほとほと困っていました。いくら調べても、橋田の車から物を盗んだ犯人は見つかりませんし、そんな気配もなかったからだそうです。やいやいわれるので、二十四時間、見張ったこともあったが、犯人らしき人間は現われなかった。それを橋田に告げると、彼は真っ赤な顔になって、警察まで駐車場の経営者の味方なのかとののしる始末で、困っているというわけです」

「駐車場の経営者が区会議員と知り合いだということは本当なのかね？」

と、十津川はきいた。

「それは事実だそうです。驚いたのは橋田のやり方で、意地になって問題の経営者の身辺をあれこれ調べて、この人がホステスとつき合っていると知ると、奥さんにそれを電話で告げ口したんですよ。おかげで、この経営者の家庭がめちゃめちゃになりかけたそうで、五十代の経営者なんですが、本当に恐ろしい人だといっているそうですよ」

と、亀井はいった。

「そして、私宛に、この手紙を送りつけて来たわけか」

十津川は、もう一度手紙に眼をやった。

「橋田は、警部なら何でも聞いてくれると思い込んで、その長い手紙を書いたんだと思いますよ」

「ところが返事も出さなかった――」

「それで、信頼が逆転して憎悪に変わったんでしょう」

「参ったな」

と、十津川は呟いた。

もし、この手紙を読んでいたらどうしたろうかと、十津川は考えた。

もちろん、一個人の、それも殺人傷害でもない事件の依頼では動くことはできない。

「警部が、残念だが力になれないと返事をしたとしても、橋田という男はわざわざ返事をしてくれたことに感謝する代わりに、自分の願いを断わられたということで、腹を立てたに違いないと思いますよ」

と、亀井はいった。

「私が返事を出していても、同じことになったということかね？」

と、十津川はきいた。

「そう思います」

と、亀井はいってから、

「その手紙を読んだり、派出所の警官に電話で聞いたりして、考えたことがあるんですよ」

「何だい？　カメさん」

「橋田は、若いＯＬと意思の疎通《そつう》ができなくなったといっていたでしょう。自分のいうことが彼女たちに通じなくなったと。しかし彼は、彼女たちにわかる言葉で話せなかったんじゃないかと思うんですよ。その手紙にある駐車場の問題でも、橋田は自分に都合のいい言葉を並べ立てて、わかってくれといっています。これではわかってくれということが無理なんじゃありませんかねえ。そして、こちらが取り合わなかったり、警部が断わりの手紙を出せば、意思の疎通ができなくなったといって怒るんじゃありませんか？」

と、亀井はいった。

「なるほどね。橋田は、あるときから急に若いＯＬと意思の疎通ができなくなったといっていたが、カメさんのいうとおりなら、そのとき変化したのは、若いＯＬたちのほうではなく、橋田のほうだったということになるね」

「そうです。橋田は、恐らく若いＯＬというか、若い女性に過大な要求をしたり、自分だけが正しいとか、自分だけが優しいとか、思い始めたんじゃないんですかね。そして、相手がそれに応えてくれないといって怒り、千枚通しで相手を刺したんじゃありませんか」

と、亀井はいった。

「刺して、若い女が悲鳴をあげた瞬間、橋田は初めて意思が疎通したといっていたね」

「それは当然でしょう。刺されれば悲鳴をあげるのが当たり前ですからね。それを相手が自分の思うとおりになったと考えるのは、どこか狂ってしまっているんですよ」

と、亀井がいった。

西本刑事が部屋に入って来て、十津川に、

「疲れましたが、何とか終わりました」

と、報告した。

「例の男が、本物の長谷川健と証明されたのかね？」

「完全に証明されたとはいえませんが、会社ぐるみでニセモノを作っていたことは、ほぼ証明されました。あの会社はニセモノを作り、例の男を長谷川健ではないことにするために莫大な金を注ぎ込んでいたことがわかりました。何人もの人間を完全に買収していたわけですから」

「それで君は、裁判に証人として出廷するわけだろう？」

「そうです。ただし、弁護側の証人として呼ばれているんですが」

と、西本はいった。

「行って来たまえ」

と、十津川は西本にいってから、亀井を見て、

「どうも、だんだん暮らしにくい世の中になっていくみたいだねえ」

と、いった。

「そうですね。自分自身の証明も難しくなるような世の中は困りものです」

と、亀井もいった。

そのころ、三上本部長は十津川の辞表の処理に困っていた。

新書　一九八九年六月　カッパ・ノベルス
一次文庫　一九九二年十二月　光文社文庫

文春文庫

十津川警部《とつがわけいぶ》の決断《けつだん》

定価はカバーに
表示してあります

2010年6月10日　第1刷

著　者　西村京太郎《にしむらきようたろう》
発行者　村上和宏
発行所　株式会社 文藝春秋

東京都千代田区紀尾井町3-23　〒102-8008
TEL 03・3265・1211
文藝春秋ホームページ　http://www.bunshun.co.jp
落丁、乱丁本は、お手数ですが小社製作部宛お送り下さい。送料小社負担でお取替致します。

印刷・凸版印刷　製本・加藤製本

Printed in Japan
ISBN978-4-16-745437-1